STADSLIEFDE
SCÈNES IN PARIJS

ADRIAAN VAN DIS

STADSLIEFDE
SCÈNES IN PARIJS

Met foto's van Tessa van der Waals en Frans Toet

UITGEVERIJ AUGUSTUS
AMSTERDAM • ANTWERPEN

Omslagontwerp Tessa van der Waals

Foto auteur Annari van der Merwe
Vormgeving binnenwerk Suzan Beijer

ISBN 978 90 457 0516 3
NUR 320

www.adriaanvandis.nl
www.augustus.nl

INHOUD

PASSAGE
BRIQUET
FKDL

HET GELUK LIGT OP STRAAT

Straks haal ik haar op: de vrouw met wie ik het liefst door Parijs wandel. Dan gaan we al die dingen doen die we altijd doen: eerst het glas champagne thuis, de toastjes zalm, en dan lopen naar ons 'meneertje', een Vietnamees in de Marais waar we al twintig jaar komen. Alleen de eerste dag. Heen over een andere brug dan terug – beide routes liggen bezaaid met herinneringen. We kennen de eigenaar, zijn wel en wee en familie. We krijgen geen menukaart; we eten altijd hetzelfde. Straks zullen we onze kleren thuis voor een open raam moeten luchten, omdat de hele tent naar frituur stinkt. Hindert niet. Terug lopen we altijd door de rue de Bièvre, een kromme steeg waar Mitterrand vroeger woonde. We zien lampen branden in het appartement waar ik als student op andermans poezen paste. We denken aan doden, aan scheidingen. Hebben we geen woorden voor nodig. Hooguit een miauwtje.

De volgende morgen haal ik een *tradition* bij de bakker en eten we ons gekookte eitje – ik vier minuten, zij vijf. De *Pariscope* ligt klaar. We strepen de films aan, de tentoonstellingen, ook al weten we dat het er niet van zal komen. We hebben er tien jaar over gedaan Musée d'Orsay daadwerkelijk binnen te gaan. De buitenkant was al zo mooi. O, de duizend gebouwen die ons nog wachten. Wij wandelen door ons eigen museum. Inspecteren de pleintjes en geheime tuinen. Kijken of de duiven nog uit de geheime kom tussen twee wortels van de ginkgoboom drinken. Zij laat haar jurk opwaaien bij het metrorooster op Carrefour de la Croix-Rouge, ik aai er de hoef van het paard van César. We delen de geuren. De gezichten van voorbijgangers. Kleine sensaties. Parijs als tableau vivant. Alles is van *ons*. We hebben de stad gemerkt met onzichtbare sporen. Ons wandelen is een ritueel van de herhaling. Niet dat we ons geen onbekende buurten gunnen, o nee, we verkennen en lijven in, maar na het nieuwe keren we toch telkens weer naar onze oude sporen terug, als een meanderende rivier die zijn bedding zoekt.

En het benauwt nooit. Een vast parcours kan de blik ook verruimen. Niet de sensatie van het nieuwe maar het alledaagse prikkelt de geest. In de eentonigheid schuilt het wonder, in het geen haast hebben. Zo maak ik – als ik alleen ben – elke avond dezelfde wandeling voor het slapen. Door straten waar nauwelijks iets gebeurt en juist dan zie je nieuwe dingen: een doorgestreepte naam boven de brievenbus (monsieur is vertrokken, madame bleef achter) of muizenpootjes op een stoffige vensterbank (daar ruik ik even of er binnen niet een uitgeteerd lijk voor de tv zit). Ik verbeeld me levens achter al die gesloten ramen en deuren. Hoor stemmen. Soms zoeken mijn schoenen aanspraak, als ze een hoog kantoor passeren en in uitgespuugde kauwgums trappen – sporen van verveelde secretaresses. Dan weer zie ik dingen die er altijd al geweest moeten zijn: de spiegeling van een gevel op een nat trottoir, een kruisteken gebeiteld in een stoep.

Alles wat ik tijdens die wandelingen alleen ontdek, zal ik

later met haar delen. Zo verdubbel ik de lol en vergroten we het kleine. Parijs is ons samenspel. Nu al weet ik achter welke lantaarnpaal ik me straks op het Gare du Nord zal verstoppen, om al die Hollanders die uit de trein stappen niet te hoeven zien. En ze zal me quasi niet vinden, al loopt ze recht op me af.

In de herhaling ligt het geluk.

VERLIEFD ONDER HET ZINK

Verliefd op Parijs. Verliefd op een stad waarvan ik de kaart in mijn hoofd denk te hebben, maar die altijd een ander plan met me heeft zodat ik aankom waar ik niet naar op weg was en vind wat ik niet zoek.

Parijs is een meervoud. En ik weet nog steeds niet van welk Parijs ik houd. Van de pronkstad die zich monumentaal op de borst slaat of van de dorpen in de stad, *les villages de Paris*. Van de chauvinistische stad waar de bewoners niet verder kijken dan de grens van de ringweg, of van de mengstad waar honderd talen wonen en minstens evenveel geloven. Van de zinken daken of van de zwarte leien, kopergroene koepels, vergulde lijsten en goudgepunte hekken. Van de goten die ruisen als beekjes of van de Seine. Ik bewonder het artistieke en literaire geheugen van Parijs, het verleden leert me elke dag een les. En het heden: de problemen van een wereldstad houden me alert. In Amsterdam verdorp ik. In Parijs word ik wakker. Het leven verhevigt zich, het geluk, het ongeluk... en de dood: ik heb hier in een halfjaar vier keer een lijk, of iets wat daarop leek, op de stoep aangetroffen. Zwervers. Geen passant die ervan opkeek. Parijs kan een harde stad zijn. Inspirerend ook.

Waar armoe en rijkdom tegen elkaar aan schuren, kom ik ogen tekort.

Misschien houd ik nog het meest van Parijs omdat ik er nooit bij zal horen, hoe ik me ook aanpas. Maar ik kom hier niet om opgenomen te worden (al doe ik net alsof), ik zoek juist het isolement: eenling te midden van vreemden, een toestand die draaglijk is omdat kijken naar mensen me nooit verveelt. (In de geest wandel ik met ze op en kruip ik in hun kop – het is zowel een vluchtig als oneindig contact.) Ook de schoonheid van Parijs is niet gastvrij. De grote pleinen, de brede boulevards en de enorme gebouwen duwen me opzij. Al leer ik hun geschiedenis kennen, ik ben er niet mee opgegroeid – hun glorie blijft mij vreemd, sluit mij uit.

Toch dringt de schoonheid zich telkens op. Als ik schuil in de intieme passage Véro-Dodat en me vergaap aan de neoklassieke bouw en etalages vol prachtige schilderijen en antieke meubelen (waar ik natuurlijk mijn niet-bestaande appartement mee wil inrichten) en ik steek daarna over naar de Tuilerieën om in een druilerig labyrint van beelden te dwalen, dan overvalt Parijs me: wat een geluk dat ik hier loop, alleen in de regen, die álles grijs krijt en nog mooier maakt... tot mijn geluk zich zo verhevigt dat het omslaat in pijn. Waarom kan ik me niet mijn hele leven met zoveel schoonheid omringen? Wat laat ik me beperken door burgerlijk gepieker. Kies voor dit decor!

Al bijna veertig jaar zeurde ik dat ik in Parijs wilde wonen. Steeds weer overschaduwden praktische bezwaren mijn dromen en zei de schone, rijke stad: ken je plek. Hoe vaak heb ik niet voor de etalages van de buurtmakelaars stilgestaan (duizenden moeten er zijn, volgens onbewezen tellingen alleen al driehonderd in het zesde arrondissement)... *chambre de ser-*

vice, chambre de bonne, studio de charme. Naar iets groters durfde ik niet eens te kijken. Ik ben met heel wat makelaars trappen op gegaan; hijgend heb ik de miezerigste mansardes bekeken, gedreven door een angstig willen. Vier keer heb ik een studio gehuurd, maar altijd halfslachtig. Zodra mijn verlangen naar schoonheid en eenzaamheid verzadigd was, ging ik terug naar Amsterdam. Tot Parijs weer in mijn hoofd kwam spoken. Vroeger deed ik het af als een jongensdroom, maar de droom en de roep zijn met de jaren alleen maar sterker geworden. Parijs, Parijs... Niet om te vluchten, maar om te schrijven. Schrijven in een wereldstad. Een stad waar je vrij kan ademhalen en onzichtbaar kunt zijn en waar er weinig anders op zit dan hard werken – ver weg van het gekakel.

In 2003 heb ik opnieuw gehoor aan die lokroep gegeven. Op een slome lentedag, toen ik niets zocht. Voor ik het wist, vloog ik een trap op en tekende papieren: soms geeft de angst je vleugels. En sindsdien woon ik op een zonnige zolder in het zesde – eenendertig vierkante meter, vijfhoog onder een zinken dak. Dit keer is het menens: mijn naam staat op de brievenbus, ik sta ingeschreven bij het gas en licht, ik heb een fiets, een kapper, een dokter en tweemaal in de maand een strijkende werkster. Ik ben lid van de fitness en lees elke dag een halfuur *Le Monde*, zakwoordenboek binnen handbereik. Mijn boodschappen doe ik bij Le Marché d'Annie, mijn overbuurvrouw. Annie is mijn houvast. Haar raam is beplakt met tientallen kassabonnetjes – openstaande rekeningen van buurtgenoten. Toch ziet ze alles, met haar oren. Op Annie kan iedereen rekenen, ze is de burgemeester van de straat. Ze stond erop dat ook ík bij haar op de pof ging kopen, één keer in de maand betalen vindt ze handiger. Het is haar manier om klanten vast te houden. Na lang aandringen ben ik overstag gegaan. 'Nu hoort u bij de buurt,' zei ze. De volgende dag werd ik aan andere poffende buurtbewoners voorgesteld. En sindsdien maak ik een praatje op de stoep, ben ik welkom op de wijnfeesten in de brasserie, zwaai ik naar de kapper en krijg ik een glimlach van de verkoopster van Le Palais des Thés. In Nederland zou ik gillend weglopen, hier hunker ik ernaar. Ook de clochard die mijn voordeur tot hangplek heeft uitgekozen, groet me – al moest ik er wel wat voor neertellen. Ik maak me wijs al een beetje bij mijn straat te horen. En wie weet op den duur bij de stad.

Mijn schrijftafel staat voor het raam en ik kijk uit over zinken daken. Ik zal mijn uitzicht verkennen en veroveren. Ik zal afdalen in mijn herinneringen en de straat op gaan. Zo burger ik me in.

PS De clochard heeft me een hand gegeven. (Ik heb er onder de koffie nog lang aan geroken.) Hij heet monsieur Dubois.

KRR KRR KRR

Duiven koeren voor mijn raam. Zomer en winter. Ze verzamelen op de daken aan de overkant en geven zich over aan hun ijle liefdesdansen. Ook bij guur weer. Hun paren is een circus voor het oog: het mannetje bespringt zijn vrouw op de rug en bevrucht haar in wankel evenwicht. Ze fladderen wat af daar tegenover. Ik zie ze nesten bouwen in verlaten nissen – takjes in de bek en maar leggen en broeden – altijd dezelfde paren. Herken ik ze dan? Ja, met de seizoenen leerde ik hun tekening om borst en nek onderscheiden.

Vaak rusten ze voor mijn raam, nog geen meter van mijn schrijftafel, om bij te komen van het vrijen.

Mijn vensterbank is ook de eerste vluchtheuvel voor hun kroost. Vaders spreken ze moed in. Moeders geven een duwtje. En zijn de kleinen groot en uitgevlogen, dan begint het minnen opnieuw. Als 's middags de zon langs mijn gevel trekt, zoent er altijd wel een ouderpaar brutaal onder mijn ogen, snavel in snavel. Ze wisselen dan voedsel uit. Het mannetje accepteert daarmee zijn rol als medeverzorger van het volgende uit te broeden ei. De doffer neemt zijn verantwoordelijkheid. Ik zou ervan kunnen leren.

Mijn overbuurvrouw laat de duiven binnen. Zo ver ben ik nog niet, maar na al dat getortel voor mijn raam ben ik tijdens mijn wandelingen toch anders naar ze gaan kijken. Ze drinken zo mooi uit de naburige vijver in de Jardin du Luxembourg – niet zoals de meeuwen en mussen, die een snavel water achterovergieten – nee, ze slurpen en slikken als wij. Geen andere vogel doet ze dat na. En hoor ze lawaaien in de klimopguirlandes bij de langgerekte Médicifontein. Waag het daar niet hun parcours te doorkruisen, want ze duiken naar je hoofd en verjagen je subiet. Bukkend lach ik ze toe. Ze zijn nog jong en ik ken hun ouders. (Maak ik mezelf wijs.)

Ook Ernest Hemingway bezong de duiven uit deze tuin. Vooral in de tijd dat hij in de rue Notre-Dame-des-Champs woonde en de cheques van literaire bladen te lang op zich lieten wachten. Als het jonge gezin thuis niet genoeg te eten had, trok de schrijver met de kinderwagen (mr. Bumpy) naar de nabijgelegen Jardin om duiven met maïskorrels te lokken. Wie toehapte werd bij de lurven gegrepen en hem werd de nek omgedraaid. Karkas onder het dekentje. En dat vier, vijf keer achtereen. Met dezelfde handen waarmee hij later weer een romantische regel tikte.

Als het aan de Parijzenaars ligt, werd alle duiven de nek omgedraaid. De haat jegens de 'gevederde rat' is groot. Ze poepen te veel. Hebben geen respect voor beelden. (Generaal de Gaulle huilt witte stront.) Gevels worden met netten afgedekt, vensterbanken van draadijzeren prikkers voorzien. *Le Parisien* riep al op tot het aanstellen van valkeniers, zoals op Trafalgar Square in Londen. Roofvogels op de Place Vendôme. Toch treft niet de duif schuld maar, zoals wel vaker in de natuur, de mens. De zorgzame dames en heren die dagelijks hun duifjes komen voeren. Met het gevolg dat de Parijse duif zes tot acht keer per jaar een gezin sticht. Overvoeden doet overbroeden. Tot ergernis van keurige mensen die ik op mijn dagelijkse wandelingen met verbeten gezichten naar duiven zie schoppen. En dan kijk ik nog weg van de motorrijders die met vreugde duiven pletten.

Arme stadsduif, hoe kon het zo ver komen? In kerken nog altijd hoog aanbeden als symbool van de Heilige Geest, op zondagsscholen ten voorbeeld gesteld als Noachs dappere verkenner van vaste grond, en nu gehaat en vertrapt. Godin van de vruchtbaarheid, brenger van de uitslag van de eerste Olympische Spelen, 776 voor Christus, en meer dan 2500 jaar later de boodschapper van Napoleons verlies bij Waterloo. Bij het Pruisisch beleg van Parijs in 1870 vlogen duiven meer dan één miljoen berichten over de linies. In de Eerste en Tweede Wereldoorlog hebben ze duizenden soldaten gered. Slechts één pond vlees en veren, maar sterker dan paarden. Zonder voedselstop goed voor vijfhonderd kilometer per dag, met een gemiddelde snelheid van zestig kilometer per uur. En nu dreigt ook de burgemeester met gif en sterilisatie.

De duiven weten nog van niks. Terwijl ik dit schrijf, zitten ze weer op mijn vensterbank te zonnen en tikken ze met hun snavel tegen het glas. De eerste gedomesticeerde vogel, en nog altijd vol vertrouwen in de mens.

Gisteren, tijdens een winterse lentewandeling langs de lage rechteroever van de Seine, passeerde ik twee zwervers die onder de brug hun eigen nest hadden gebouwd. Twee slaaphokken opgetrokken uit drijfhout en een keurig douchehok. In de luwte van de kademuur walmde een pan boven een knetterend vuurtje. Tafeltje ernaast, twee stoeltjes uitgeklapt. Koerend in de zon zaten ze daar. De borst vooruit. Het was elf uur in de ochtend en de wijn werd net ontkurkt. Ze toostten me toe en de pot-au-feu rook goed. Ik complimenteerde de heren met hun savoir-vivre en legde een munt in het daartoe bestemde kommetje. Een van hen sprong op en liet me zien wat de pot schafte. Duif. Pruttelend in van de markt gesnaaide wortels en knollen. Of ik proeven wou?

De duif biedt nog altijd troost.

ø 20
Le bigoudi
professionnel
ø 15
le
bigoudi
professionnel
PARIS - FRANCE
2€90
2.40€

LE BLANC ET LE NOIR

Parijs is de grootste Afrikaanse stad buiten Afrika. (Groter dan Londen, heb ik me laten vertellen.) Volgens een zieneres uit Friesland zou ik in mijn vorige leven een Afrikaan zijn geweest, dus ik kan hier aardig mijn oude hart ophalen. In mijn huidige leven reisde ik vroeger graag en veel door Afrika, maar vandaag de dag ligt Afrika maar een paar metrohaltes van huis. Sahara of Sénégal sur Seine kent vele wijken waar Afrikanen wonen of bijeenkomen, ook binnen de Périphérique: Château Rouge, Château d'Eau, la Goutte d'Or, de markt bij Barbès-Rochechouart, Belleville, het park van Buttes-Chaumont.

Château d'Eau is mijn vrijdagmiddagfavoriet. Die dag ruikt de buurt halverwege de boulevard de Strasbourg naar wassen en watergolven en knippen en vlechten. Naar kokos en mango. Zoet, heel zoet. De ramen van de kapperszaken zijn beslagen, de koffiehuizen puilen uit en in alle restaurantjes pruttelt de kookpot. Onder de grond, in het metrostation met dezelfde naam, wachten tientallen jongens de vrouwen op om ze de beste kapper aan te praten. Niksnutten zijn het, maar swingende niksnutten, in de mooiste trainingspakken, liefst wit of roze, met stoere glimmers om pols en hals. Ze rappen hun prooi naar de vlechtende vingers: 'Jij bent zo mooi dat alleen mijn zuster goed genoeg voor je is. Zij kan met haren toveren!' Moeder, nicht, hele families worden bij elkaar gelogen. Geen vrouw loopt alleen de trap op. Boven, op de boulevard, begint het keuren van de etalages, het kiezen van een passend model en afdingen op de prijs.

Elk vlechtwerk vertelt een verhaal. Ben je gelukkig, ongelukkig? Zoek je een minnaar of heb je letterlijk de buik van hem vol? De kapster vlecht het in. Met eigen haar, of valse vlechten, in alle kleuren. Kapsels laten ook lezen waar je vandaan komt, wat je volk is. Het is een oude traditie die in het moderne Parijs sterker leeft dan in de grote Afrikaanse steden. Migranten houden het verleden nu eenmaal langer vast – herinneringen zijn hun rijkste bezit. Hoe krachtiger de invloed van het nieuwe land, des te heviger stollen oude gebruiken, terwijl de bakermat zich de nonchalance van vergeten kan veroorloven.

Château d'Eau viert de traditie – in het hoofd, op het hoofd. Maar het is ook een buurt waar Parijs en Afrika goed samengaan. Anders dan in de buitenwijken mengen de bewoners zich hier. In de arme banlieues zit ieder in het hok van zijn woede, gescheiden in geslacht, gescheiden in recreatie en gescheiden van Parijs. Château d'Eau biedt werk en heeft geen tijd voor sektarisme. Armoe verdeelt en verveelt, geld mengt sekse en kleur...

Na sluitingstijd, als de bezem door de kapperszaken wordt gehaald, is het in de naastgelegen cafés een komen en gaan van vrouwen die hun haar laten bewonderen. Ik zet me achter een krant en schat de kansen in van de perronjongens die na gedane arbeid azen op een vrolijke nacht. Even later druppelen er een paar buurtbewoners binnen – uit alle werelddelen – en na drie glazen vind ook ik de moed om aan te schuiven. Als de laatste kapsels zijn bewonderd, betreden we gedeeld terrein: de bekerkansen van Paris Saint-Germain en het liefdesleven van de sterren. Hebben we elkaar eenmaal gevonden en ingeschat, dan komt ook het ongenoegen aan bod – heel voorzichtig. Zwart wint nu en krijgt het hoogste woord...

'Gisteravond tien keer door de politie gecontroleerd. Twee uur op het bureau gezeten.'

'Ik word er gek van, ze moeten mij altijd hebben. Altijd ons.' Ze praten door elkaar. Met groepsmond.

'Maar deden jullie dan niks?' vraag ik.

'Niks. Ik liep alleen maar. Zat en keek.'

'Zoals ik?'

'Ja, zoals jij, maar dan een zwarte jij. Een jij die elke dag z'n papieren moet laten zien.' (Ze tutoyeren me.)

'Hoe vaak moet jij ze laten zien?' vraagt een van de jongens mij.

'Nooit.'

'Zie je wel, jouw kleur is je *carte d'identité*.'

Een roze trainingspak zegt: 'Ik zat met mijn voeten op de bank in de RER. Papieren laten zien. En een hele nacht mee naar het bureau.'

Zijn buurman in wit trainingspak: 'Een nacht vast voor voeten op de bank? Alleen daarvoor?'

'Nee, ik schold ze uit.'

'Wat zei je?'

'Hoerenzoon... Tegen een Marokkaanse agent.'

We lachen, niet allemaal even spontaan. Ik word weer witter dan ik was.

Buiten vliegen duiven af en aan. Snavels graaien naar vlokken kroeshaar in de goten. Dons voor de nesten. Mijn cafégenoten nemen elkaar op in het vallend avondlicht. Man fluistert iets in het oor van vrouw... Tassen knippen open, lippen krijgen kleur voor het diner. Zwart flirt met zwart. Ik verstijf. Verkeerde carte d'identité. Verkeerd gekleed. Uiteindelijk ben ik toch meer vreemdeling dan zij.

Ik eet die avond alleen. Een *boudin noir* in mijn deftige zesde arrondissement.

Een paar vrijdagen later zit ik weer in Château d'Eau, dit keer vergezeld van een vriend die er zijn schildersatelier heeft. We verschillen nauwelijks in leeftijd, kleur en kleding. Alleen lacht hij gemakkelijker naar kapsters en klanten – hij knipoogt zelfs. Om mijn plaatsvervangende schaamte te verhullen, knik ik lichtjes. Zo houden we elkaar in evenwicht. Al slaat mijn vriend door bij het kiezen van een restaurant. Afrika, Antillen, Brazilië? Niet de kaart telt, maar de dienster. We moeten bij de mooiste naar binnen – een rondborstige vrouw met een bewerkelijk kapsel dat wij niet kunnen lezen. Maar voor haar zijn we een open boek. Ze weet precies wat we willen eten. We krijgen niet eens de kaart en we beginnen met een *accélérateur.*

'Pardon?'

'Een deeltjesversneller. Dat drinken we allemaal in Guadeloupe. U houdt toch van tropische nachten?' vraagt ze mijn vriend.

'Eh... ja.'

'Ik zie het aan u,' lacht ze verleidelijk.

Mijn vriend groeit in zijn stoel. Zijn ogen kruipen in de dienster. Zij kijkt naar zijn handen en wijst naar de verfsporen tussen zijn nagelriemen: 'Bent u kunstschilder?'

'Nauwelijks,' zegt hij, 'ik heb geen inspiratie meer... Ik zoek een goed model.' Hij kijkt haar aan. 'Ik heb mijn hele leven op u gewacht.'

Ze kraait het uit.

Beet.

Ik schuif mijn stoel verbaasd naar achter, zo gaat dat dus, zo moet je het doen: vergeten dat je – zoals mijn vriend – zojuist je vrouw hebt gebeld om te zeggen hoe leeg Parijs is zonder haar. Versieren, ik zal het nooit leren.

'Hoe lang heeft u in Guadeloupe gewoond?' vraagt mijn vriend.

'Mijn hele jeugd,' zegt ze. En ze mijmert over een turkooizen zee, witte stranden en palmen die zich lui naar de wind schikken... O, de vrijheid, de ruimte, de kleuren, die heerlijke lauwe passaat. Haar heupen wiegen als waaibomenhout. Dan recht ze haar rug en herneemt zich. Draaikontje Draai gaat de wijnkaart voor ons halen.

Er staan dure Franse wijnen op. Geen wijn uit Guadeloupe? Nee, daar hebben ze alleen palmwijn. 'En hoe smaakt dat?' vraagt mijn vriend.

'Geen idee, de enige palmen die ik ken, groeien in de Jardin des Plantes.'

Er valt een vreemde stilte... We spoelen ons verhemelte met brandende rum.

'Oeps, net zei ik geloof ik wat anders.'

'U heeft gejokt,' zegt mijn vriend.

'Ja, ik kan heel goed jokken. Net als u.' Ze kijkt quasibeschaamd naar haar aangeplakte nagels, lang en wit, met namaakdiamantjes.

Als we aan het eind van ons diner om een scheutje melk bij de koffie vragen, komt ze met een dampend kannetje aanzetten en maakt ze een gebaar of ze zichzelf zojuist heeft gemolken. Mijn vriend legt zijn hand op de hare, om te danken voor deze liefdevolle daad. Zij wrijft zich nog eens over beide borsten. Ik kan alleen maar met open mond naar haar kijken.

We krijgen nog een accélérateur van het huis. Mijn huig staat in brand. Ik probeer de tropen in me los te laten, praat over Antillen en Afrika. Allemaal geweest. Mijn vriend kwam niet verder dan de ringweg om zijn stad. Maar de dienster wil niks van verre streken weten en ik drijf af naar de Zuidpool. Onder het afrekenen nodigt ze mijn vriend uit de volgende dag mee naar een Afrikaanse bruiloft te gaan. Wel honderd trommels zullen er klinken! Hun handen nemen het gesprek over. Ik zit er voor spek en bonen bij en heb alleen nog maar uitzicht op haar kontje.

Nog diezelfde nacht schijnt hij haar te hebben geschilderd.

GEWASSEN BEELDEN

Het beeld van Baudelaire heeft mos op zijn hoofd. Als dat zo doorgroeit, heeft hij straks groen haar en ziet hij er weer net zo uit als in zijn jonge dichtersjaren, toen hij met groengeverfde lokken Parijs onveilig maakte. Hij kijkt streng, mijn vriend (ja, vriend, want je krijgt een band met zo'n beeld als je er dagelijks langsloopt, na van zijn werk ben ik nu ook in steen van hem gaan houden). Maar wat is hij uit zijn humeur... alsof hij het er niet mee eens is dat hij op een grasperk in de Jardin du Luxembourg is neergezet. Hij die de natuur haatte! Niet alleen in zijn blik zit misprijzen, het is ook in zijn rug getrokken, misschien omdat achter hem twee realistische natuurbeelden zijn neergezet: een roedel herten en een Nubische tijger met zijn prooi. Gebeeldhouwde dieren vond Baudelaire nog erger dan de natuur zelf. Niets zo stompzinnig als de realiteit na-apen. Natuur was in zijn ogen de onbeschaving. Instinct. Het kwaad. De natuur leert ons niets anders dan eten, slapen, paren, onze kinderen beschermen en vechten. De terreur tijdens de Franse Revolutie, dát is de natuur. Het is de taak van de mens daarboven uit te stijgen. Door verfijning en studie, inspanning en kunst.

Ik moet daar vaak aan denken als ik 's morgens langs Baudelaire loop en dan stel ik hem in gedachten gerust: er bestaat geen onnatuurlijker park dan de Luxemburgse tuin. Een toonbeeld van menselijke beheersdrift. Dagelijks geharkt, gesnoeid, gerooid, beplant. Een geometrisch ontwerp, tot op de millimeter uitgedacht. Kassen waar exotische zaden tot wasdom komen, stekjes in strenge rijen uitgeplant. De peren- en appelbomen groeien onder netten en zodra ze vrucht dragen krijgt elke peer en elke appel een witpapieren zakje om. Tweehonderd soorten kweekt men er, genummerd en met naam. Alles is er schoon en heel, de tweeëntwintig bijenkolonies wonen in gelakte korven. Het is zonder twijfel het allerbest onderhouden park ter wereld.

Zo hoort het. Dit is cultuur. Ook het mos op het hoofd van Charles Baudelaire zal uiteindelijk niet veel kans krijgen, zelfs de beelden worden gewassen. Als het heel hard vriest krijgen ze een rieten jas aan. Hij en Verlaine en Flaubert en Stendhal, George Sand en Sainte-Beuve, Delacroix en al die andere, ruim honderd beelden die het park telt. Wat een geluk om mijn dag zo beschaafd te mogen beginnen.

*

Op een morgen na een openbare les op het Collège de France, waar ik de cursus buitenlandse politiek van het Egypte van tweeduizend jaar voor Christus volg, zomaar, om zin aan mijn bestaan te geven en om van de gelegenheid gebruik te maken die de Franse staat mij biedt om voor niets college te lopen bij de grootste geleerden van onze tijd, stond ik met een hoofd vol onnutte kennis (de leukste) naar het beeld van Champollion op de binnenplaats te staren. Het motregende, de lucht was grijzer dan grijs, hetzelfde weer als die dag in september 1822 waarop de egyptoloog de geleerde wereld bekendmaakte dat hij de Steen van Rosetta had ontcijferd. Om hem te eren is hij groot en trots afgebeeld, zijn linkervoet steunend op een faraohoofd. Een houding waar de zachtaardige onderzoeker in leven niet voor zou hebben gekozen. Het weer was in zijn jas gaan zitten, er liep een scheur over zijn rug, de druppels brachten zijn gezicht tot leven. Ik legde mijn hand op zijn mouw. Het marmer voelde als fluweel, merkwaardig warm. Ik kneep erin. Champollion schraapte met zijn schoen over de neus van de farao.

BANG VOOR DE BUITENWIJKEN

Op de *body-combat* van mijn fitnessclub leren we schijnvechten. Boksen, trappen uitdelen, dansen, draaien, bukken, opveren en dan... *le kick, l'uppercut*. We schakelen in een moordend tempo denkbeeldige belagers uit. Op hitsige muziek. Het enige dat rondspat is zweet. Ik vecht er vooral mijn vet mee af, maar tot mijn verbazing blijkt een flink aantal van mijn medestrijders – van jong tot bejaard en allemaal wit – het schijnvechten als een vorm van zelfverdediging te beoefenen, om zich zekerder te voelen, om een dreigende vuist te kunnen maken.

'Maar Parijs is toch een veilige stad?'

'Niet 's avonds laat in de metro of als je autopech hebt,' zegt een vrouw die nauwelijks boven mijn oksel uit komt.

De metro naar de voorsteden, bedoelt ze. Autopech in de grauwe buitenwijken. La banlieue, een woord dat de tongen losmaakt. Geen lid van de body-combat dat er woont, maar ze zijn er allemaal bang voor.

Parijs is op het eerste gezicht een witte stad, *une ville vanille*, vooral binnen de veilige cirkel van het historische centrum en de modieuze arrondissementen. Maar zelfs in de chicste buurten zijn de meeste kleine winkeliers Noord-Afrikaans, want wie anders wil nog twaalf uur per dag voor een schamel loon werken? En natuurlijk: de zwarten vegen de straten – hoe nederiger het werk, hoe donkerder de huid – en de kleuters in het zesde worden door zwarte *bonnes* uitgelaten, maar hun aantal valt in het niet tussen al die witte gezichten. In 'mijn' straat heb ik nog nooit een bruin schoffie in trainingspak gezien; voor zover iemand sportkleding draagt, is hij op weg naar de fitness. Er zijn wel gekleurde plukken binnen de ringweg, maar de meesten van *les nouveaux Parisiens* (ook hier dat verdoezelende woord) wonen in de buitenwijken.

Ik ben er meer dan eens geweest, in *les banlieues chocolat au lait*. Met de RER, het spoor dat onder de metro loopt, in de geur van de riolen. Je ziet er nauwelijks een wit gezicht in de spits. Wel veel hoofddoeken. Ik heb rondgedwaald in die op tekentafels ontworpen arbeidersparadijzen ten noordoosten van de ringweg. Saint-Denis, Sarcelles, La Courneuve, Noisy-le-Sec. Niet alleen uit nieuwsgierigheid, maar ook uit eigenbelang: ik wil weten hoe de mensen daar wonen en ik wil niet bang voor ze zijn. Bovendien heb ik ze later nodig, als ik oud en afhankelijk ben. Want het zijn de kinderen van deze nieuwkomers die het vergrijzend Europa op de been moeten houden. Ik stapte uit op stations waar de trappen niet naar een straat maar naar een parkeergarage leiden. Donkere holen waar het naar verkrachting ruikt. Vies, vuil, onder de graffiti. Ik zag er meisjes angstig hun sigaret doven en hun hoofddoek straktrekken voor ze hun buurt betraden. Ik hoorde hun taal veranderen: van Frans in Arabisch. Ik wandelde door gore straten, langs betonnen sportvelden, betonnen flatgebouwen met piepkleine ramen waarvoor jurken en jasjes te luchten hingen omdat een balkon er bij de bouw niet af kon. Ik keek en werd bekeken, toegesist en weggejaagd.

In La Courneuve, waar geen politie durft te surveilleren, begon mijn ronde in een naast het RER-station gelegen supermarkt. Op aanraden van een journalist voorzag ik me van een lokale plastic tas om buiten de indruk te wekken dat ik er woonde, maar de straatjongens hadden me door. Ik droeg geen trainingsbroek of leren jack zoals zij, geen kalotje en sjofel jasje zoals hun vaders, er slofte geen vrouw of moeder achter me aan. Ik was te anders, te rijk en te wit. Ik ontweek hun blikken. Uit angst (al maakte ik me wijs dat mijn gewicht mijn wapen is, onder mij loopt elke boosdoener leeg), maar vooral om de woede op mijn gezicht te verbergen. Want woedend was ik. Wat een minachting om mensen zo te laten wonen. In buurten die tien jaar na de bouw al verkrotten. Waar slechts één vorm overheerst: de hoek. Eén soort huis: het hok. In zo'n omgeving moet een kind dus tederheid en fantasie ontwikkelen. En de politici zich maar verbazen dat bendes hier hun eigen wetten maken. Dat er groepsverkrachtingen plaatsvinden. Dat jongeren alle fatsoensregels van het beschaafde Frankrijk tarten. Dat ze vluchten in drugs of in een geloof waar ze kennelijk meer eigenwaarde en beter onderdak vinden dan in de stad die ze huisvest als een mindere soort.

Ik mag Parijs er niet alleen de schuld van geven. In andere landen is het niet veel beter, al is de Bijlmer een oase vergeleken bij La Courneuve. Hoe groter de stad, hoe groter de conflicten en de misère. Maar ook de creativiteit. Uit de buitenwijken komen sterke kunstenaars voort. (Wat dat betreft werkt polarisatie beter dan toedekken, pappen en nathouden.) Hun films en rapsongs doen de burgers beven. Mij ook. Europa komt nu pas tot het besef dat het gastarbeiders naar binnen heeft gehaald die mensen blijken te zijn. Met dromen en verlangens, eigenzinnig en veeleisend, zoals alle mensen. We merken het aan hun kinderen. En het water drukt tegen de dam. Je voelt de spanning in de buitenwijken. De verveling. De haat. Als ergens in Europa een revolutie uitbreekt, dan wederom in Parijs.

¡ Viva la revolución !
تحيا الثورة!
Ζήτω η επανάσταση!
NPA
NOUVEAU PARTI ANTICAPITALISTE
GET DOWN WHITEBOY!

NÈGRE DE SERVICE

Het echtpaar ontvangt in Neuilly. Iets na halfnegen word ik verwacht – Parijse etenstijd. Champagne bij de ingang, nog voor ik ook maar een hand heb geschud, geserveerd door een zwarte man in livrei. De binnenkomende gasten moeten vreselijk om zijn kniebroek en witte kousen lachen. Ik word door de gastheer aangekondigd als 'auteur van Gallimard'. De naam van het gerenommeerde uitgevershuis opent een kring van joyeus geklede heren.

Overhemden naar de laatste snit, brede zijden dassen. Ogen meten mij. Donker pak, Brooks Brothers-shirt, maar het is te ouderwets, ik voel de afkeuring: niet rijk genoeg. 'Auteur van wat?' vraagt een man verveeld.

'Romans,' zeg ik.

'Geen non-fictie?'

'Nee, ik lieg er graag op los.'

'Dus niks voor ons, want wij zijn doodeerlijk,' grapt een ander. Schaterende onderkinnen.

'Van een roman steek je vaak meer op dan van een krant,' zeg ik.

'En daar wordt toch ook heel wat in afgelogen.' Weer die grapjas.

En welke schrijvers ken ik in Parijs?

Niemand, eigenlijk. Of toch, een paar. De namen die ik noem, zeggen de heren niets. Een schepje erbovenop dan maar: heb ik gisteren niet Ismail Kadare in de Jardin du Luxembourg de hand geschud?

'Kadare?'

'Een Albanees?'

George Semprun dan? Daar zat ik laatst naast, bij een balletvoorstelling, ik leende hem mijn programmaboekje – dat is toch een vorm van leren kennen.

Semprun, Semprun... de naam wordt in de kring geproefd. Wel eens van gehoord, gemurmel. Een Spanjaard toch?

'Mais, c'est un homme de gauche!' spuugt een man verontwaardigd uit.

Twee slokken champagne, een bijgeschonken glas en ik slik mijn mening in.

De bediende in livrei heeft zich omgekleed. Stadspak, gedekte das. Hij hoort bij ons. Is geen knecht maar vriend van de gastheer. Wat een mop. Hij schuift mee aan tafel. Paul is zijn naam. Geschikte vent, zeggen de onderkinnen.

Aan tafel. Ik naast de gastvrouw. De zwarte man mag dan tot de vrienden horen, hij helpt wel mee opdienen, 'je suis le nègre de service'. Gelach. Paul bedient overdreven serviel. De gasten komen niet meer bij. Wat een humor. En zo beschaafd. Ja, Paul is geweldig. 'We kennen hem al twintig jaar,' zegt de gastheer. 'Paul werkte vroeger voor ons in Côte d'Ivoire. Manusje-van-alles. We hebben hem mee naar Parijs genomen en nu klust hij voor iedereen. Hij is ook heel intelligent. Eigen zaakje opgezet, die vent is bereid hard te werken, ook op zondag, maakt ie geen bezwaar tegen. Nee, Paul hoort gewoon bij de familie.'

Paul hoort het grijnzend aan. 'Oui, monsieur.'

'Typisch Paul, blijft altijd monsieur zeggen.'

'Hij is zo beleefd,' zegt de gastvrouw. 'Veel fijngevoeliger dan Europeanen. Ze hebben een soort innerlijke beschaving, die Afrikanen, daar zouden we nog heel wat van kunnen leren.'

'Nou, niet allemaal,' zegt een dame aan het eind van de tafel, 'ze kunnen ook vreselijk wreed zijn, ongelooflijk wat die mensen elkaar kunnen aandoen, als ze kwaad zijn hakken ze gewoon met de bijl op elkaar in. Wij hebben daar dingen gezien...'

'Maar zo is Paul niet, hoor,' zegt de gastvrouw. 'Paul is zacht, ja, Paul is heel zacht.'

Afrika wil maar niet van tafel. Herinneringen komen boven. Een strand in Senegal, een lodge in de Okavango. En wild en olifanten. Mijn tafelgenoten houden erg van dieren. Ze sommen hun bezoeken aan wildparken op.

Wild is een hobby voor blanken... maar die opmerking slik ik in.

Het Krugerpark krijgt de meeste bijval. 'In Zuid-Afrika zijn ze ook veel verder, hè.'

Ja, mijn tafel houdt van Afrika.

Mevrouw stapelt de borden, gaat de kaasplank halen. Paul helpt mevrouw met schone bordjes. Doet hij graag: 'Ik ben geen stilzitter.'

'Kijk, dat bedoel ik nu,' zegt mevrouw.

'En Paul, heeft Paul ooit gejaagd?' vraagt een van de dames.

Nee. Hij glimlacht verlegen.

'Grappig hè, woon je er midden tussenin, doe je er niks mee.'

'Niet elke Nederlander draagt klompen,' zeg ik.

Geen reactie.

Na het diner geeft Paul me een lift naar het centrum in een kleine bestelauto, achter ons rammelt los gereedschap. Of ik de gastheer goed ken, vraagt Paul.

Nee, maar de man had me op een lezing aangesproken. Een praatje voor een Nederlandse bank in Parijs. Als vreemdeling moet je met alle lagen kennismaken. Noem het integreren.

'En, bevalt het?'

'Bevalt het ú?'

We zwijgen en denken er het onze van. De Sacré-Coeur licht op in de verte. Paul woont in het negende en daar is hij trots op. Niet in de banlieue, maar aan de voet van Montmartre, als een echte Parijzenaar, in een bescheiden straat, in een bescheiden huis, daar huurt hij een kamer. Hij spaart voor zijn gezin in Abidjan. Voor de opvoeding van zijn zonen. Die moeten ook naar Frankrijk komen. De toekomst ligt hier. We praten wat voor de deur. Voorzichtig over Afrika, niet over wild maar over mensen, familie. 'Ze willen allemaal komen,' zegt hij. En hij kan ze niet tegenhouden. Vorig jaar is zijn neef verdronken. Op weg naar Europa, in een te kleine boot met te veel mensen. De derde neef al die de overtocht niet heeft gehaald.

'Weten je rijke vrienden dat?'

Ik zie de weemoed in zijn ogen. 'Ach, ik vertel hier niet over daar, en daar niet over hier. Mijn leven is zo onwerkelijk.'

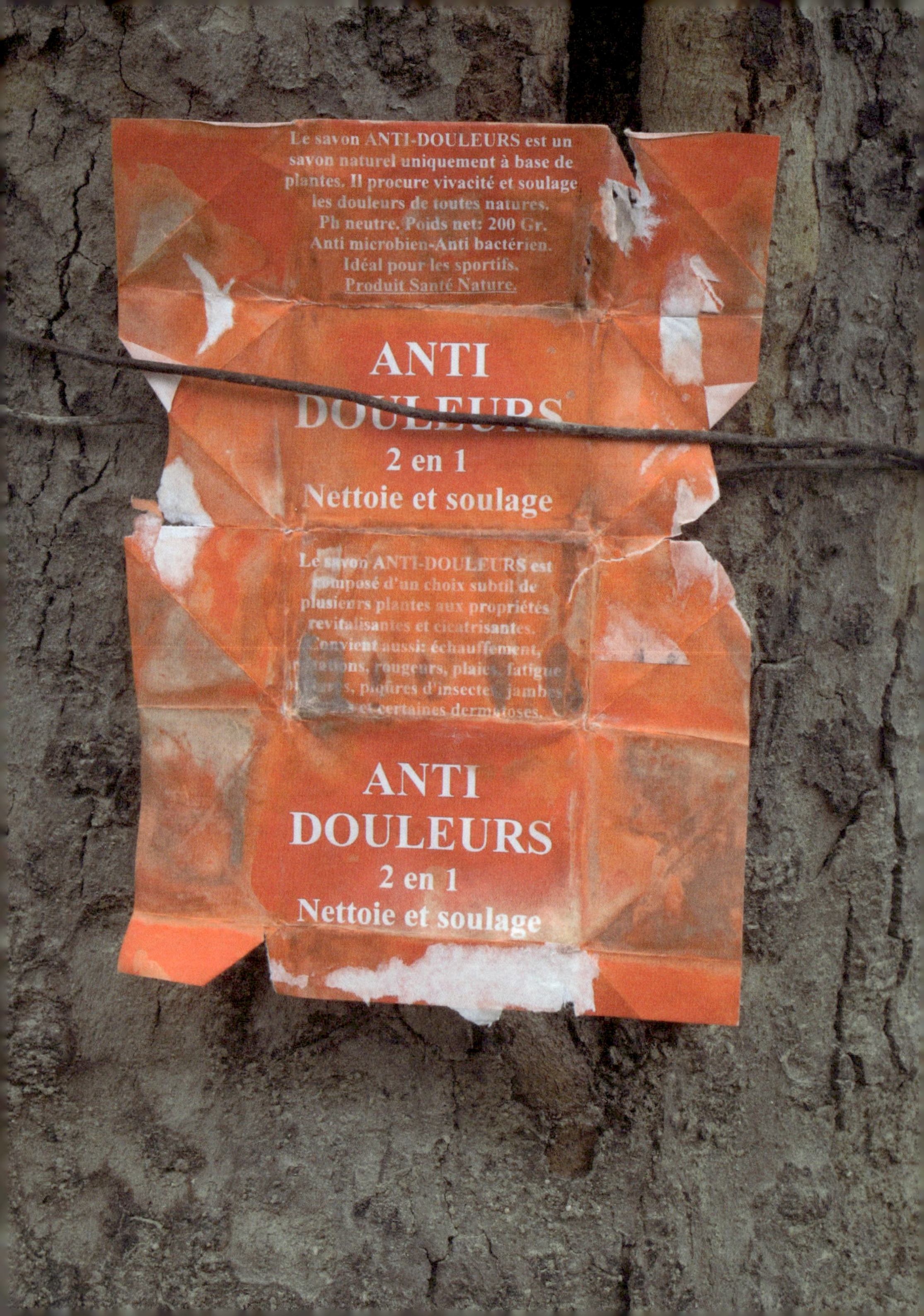
Le savon ANTI-DOULEURS est un
savon naturel uniquement à base de
plantes. Il procure vivacité et soulage
les douleurs de toutes natures.
Ph neutre. Poids net: 200 Gr.
Anti microbien-Anti bactérien.
Idéal pour les sportifs.
Produit Santé Nature.
ANTI
DOULEURS
2 en 1
Nettoie et soulage
Le savon ANTI-DOULEURS est
composé d'un choix subtil de
plusieurs plantes aux propriétés
revitalisantes et cicatrisantes.
Convient aussi: échauffement,
rougeurs, plaies, fatigue
piqûres d'insectes, jambes
et certaines dermatoses.
ANTI
DOULEURS
2 en 1
Nettoie et soulage

DE HONDSDAGEN VAN MONSIEUR DUBOIS

Parijs in augustus: de maand waarin je breed op straat kan fietsen, niet om een stoel in het park hoeft te vechten, zonder gedrang de mooiste collecties kunt bezoeken, bioscopen oude films voor lege stoelen draaien, het personeel in bibliotheken en boekhandels opeens tijd voor je heeft. De maand dat de halve stad met vakantie gaat en ook de toeristen het laten afweten. Dé tijd om bezit van Parijs te nemen. Mijn lievelingsmaand, al jaren. Maar niet augustus 2003.

De wijk maakt zich op voor de vakantie. Winkel na winkel heb ik zien opruimen en sluiten, zelfs de krantenkiosk houdt het voor gezien. Alleen Annie is nog open, ze vertrekt niet voor haar kisten fruit en groenten leeg zijn. De kleine restaurants doeken hun terrassen op. In mijn huis is iedereen vertrokken, de brievenbussen in de hal worden niet meer geleegd.

Het is doodstil in de straat. Negenendertig graden. Te warm voor beweging. Ik heb een ventilator gekocht en zit in sarong achter mijn schrijftafel. Op Annie en de telefoon na spreek ik geen mens. De nachten brengen nauwelijks verkoeling. '40°', kopt *Le Parisien* decimeterdik op de voorpagina. Een gifgeel deksel hangt boven de stad. Auto's en bussen mogen niet harder dan dertig kilometer rijden, straatvegers draaien tropenroosters. De kranten maken reportages over mensen met warme beroepen. Pizzabakkers, ijzersmelters, koks: de geïnterviewden laten zich trots met schort en muts fotograferen. Parijs draagt geen korte broek.

De hitte krijgt een geur. Annie raakt niet meer van haar fruit en groenten af, haar handel verlept in de kisten. Om haar ervan te verlossen koop ik de laatste kilo's appels en paptomaten. 'U bewaakt nu de buurt,' zegt ze, een paar uur later vertrekt ze naar Bretagne. Maar de stank blijft. Zou het monsieur Dubois zijn, die zijn hele hebben en houwen in een met plastic tassen behangen winkelwagentje voor zich uit duwt? Zou zijn ongewassenheid met dit weer tot vijfhoog opklimmen? Ik hoor hem rommelen onder mijn raam. Wie zorgt er nu voor hem? Gewoonlijk voedt en kleedt de straat hem, de afgelopen maanden heb ik hem meer dan eens in een schoon wit overhemd zijn hand zien ophouden. Moet ik een praatje met hem maken of heeft de drank zijn hersencellen al te veel aangetast om mijn gezicht te kunnen herkennen? Monsieur Dubois praat het liefst met zichzelf. Maar het gebaar van een schoon T-shirt zal hij toch wel begrijpen?

Ik zoek een hemd voor hem uit. Als ik het hem voorhoud, snijdt zijn geur me de adem af. Diepe verrotting snuif ik op. De ouderwetse geur van schillenboer met broeiende vracht. Of monsieur last van de hitte heeft? Geen antwoord. Het T-shirt verdwijnt in een tas en monsieur Dubois houdt zijn hand op: een kom verhoornd vlees, glanzend vuil. Zijn vel is met zijn achternaam vergroeid – Dubois: van hout –, het vuil is met de jaren bruin schors geworden en daaronder priemen zijn botten als stronken. Hij laat een lekkend spoor achter, de hars van een man die zich nooit wast. Het trottoir plakt van zijn stappen. Volgens Annie heeft hij gangreen. Eerst dacht ik dat het zijn plastic tassen waren. Maar al snuivend zie ik dat zijn linkerschoen nat is. Hij sleept met zijn been, trekt een zwarte streep over het asfalt.

De thermometer bij de drogist geeft tweeënveertig graden aan. Hakken drukken putjes in het asfalt, straat en stenen houden de hitte vast. In Le Bon Marché spreken mensen elkaar over de hitte aan; in het zwembad is het drukker dan ooit, te vol voor baantjestrekken. Ik kom er al maanden, maar nu word ik er voor het eerst gegroet en mag ik delen in de verbazing. Enkele achterblijvers in mijn straat houden me staande. We delen onze zorgen over monsieur Dubois. Wisselen de laatste nieuwtjes uit: Parc Montsouris is voor een deel afgesloten, de takken breken spontaan van de bomen, de pinguïns in de dierentuin krijgen met visnat doordrenkte ijsklontjes, varkens worden met zonnebrandolie ingesmeerd (met bovenmenselijke beschermingsfactor) en de premier roept buren en familie op alleenstaande bejaarden te bezoeken! De hitte verbroedert. Hoewel... in de eerste warme week zijn er in Frankrijk vijfduizend bejaarden gestorven – uitgedroogd in hun eenzame optrekjes of verwaarloosd in verpleeghuizen –, veel meer dan gewoonlijk voor de tijd van het jaar. Kistenfabrieken maken overuren. Frankrijk roept zijn grafdelvers terug van vakantie.

Op een morgen wordt er hard op mijn deur geklopt: een vrouwelijke ambtenaar van de gemeente Parijs; ze legitimeert zich buiten adem. Of madame Masson thuis is? Masson? *Connais pas.* Het enige dat ik weet is dat er vóór mij op deze zolder een verkoopster van Le Bon Marché heeft gewoond. Meer dan vijftig jaar op eenendertig vierkante meter. Op d'r zesennegentigste nog alle trappen op! 'Die vrouw is voor mij een voorbeeld,' zeg ik met ingehouden buik. Ik voel een paar afkeurende ogen langs mijn sarong gaan. De ambtenaar bladert door haar papieren... zesennegentig... de leeftijd kan kloppen. 'En is madame bij u?' vraagt ze hoopvol. Nee, ze is al twee jaar dood. Haar naam wordt onder mijn ogen doorgestreept. Parijs turft zijn oudjes.

Ook de wind heeft Parijs verlaten. De lucht is loodzwaar. Mijn ventilator verplaatst alleen nog warmte. Toch is het redelijk uit te houden onder het zink, zolang ik me niet druk maak en genoeg drink, al doezel ik wel steeds onder het lezen weg. Van sufheid slaap ik 's nachts wel twaalf uur. Ik koop een thermometer: binnen geeft hij vijfenveertig graden aan. Het stucwerk gloeit. Dan maar naar de bioscoop, de film doet er niet zo toe: airconditioning, daar draait het om. Ik zie alle Billy Wilder-films en er zitten altijd wel vier of vijf clochards in de zaal. Ze komen slapen in de koelte.

Bij het tellen van de aan de hitte bezweken bejaarden blijken er vele door geen familielid te worden opgeëist, in Parijs alleen al liggen er midden augustus driehonderd op hun begrafenis te wachten. En omdat de bazen van de verantwoordelijke stadsdiensten met vakantie zijn, geeft iedereen elkaar de schuld. Er is gewaarschuwd, maar waarschuwingen werden niet doorgegeven, er is gesjoemeld met getallen en ministeries werkten langs elkaar heen. De kranten sukkelen achter de feiten aan, want ook de redacties liggen op het strand. France

Info belt na de middagwijn ministers in vakantieoorden, die met slepende tong hun deelneming betuigen. De ernst van het nieuws zal pas doordringen als iedereen terug is. Maar het volk op straat weet allang wat er aan de hand is: Parijs zit met zijn lijken in zijn maag. 'Het leger draagt opblaasbare koeltenten aan.' 'Er zijn parkeergarages gevorderd, en dan nog... ook bij vier, zes graden blijft geen dode goed.' 'Veel lijken zijn in zo'n lamentabele staat dat van vakantie teruggekeerde familie wordt aangeraden met gesloten kist afscheid te nemen.' 'De kerken kunnen het niet meer aan. Er worden buitenlandse priesters ingezet, Polen, Afrikanen... nou vraag ik u!' 'President Chirac laat niets horen omdat hij in Canada een facelift heeft ondergaan, hij moet daar in de koelte blijven, anders verliest hij zijn strakke gezicht in de hitte!' Er zijn er ook die geld ruiken: privédetectives melden zich bij de gemeente om mee te helpen familieleden op te speuren, begrafenisondernemers worden opgebeld door mensen die nog een grafkelder in de aanbieding hebben. 'Hoe eenzaam zijn onze bejaarden?' vraagt *Le Parisien* zich af. 'Hoe eenzaam zijn wij?'

Parijs schaamt zich.

En monsieur Dubois? Een weldoener heeft hem in een soort tropenkostuum gestoken – van top tot teen in kaki. Hij zag er patent uit – één dag slechts, de volgende morgen koekte de pis weer tussen zijn benen. Maar wie er in Parijs ook van de hitte in eenzaamheid sterft, niet hij. De achterblijvers slepen water voor hem aan, dat hij niet drinkt maar over zich uitgiet. Op een avond zie ik uit mijn raam hoe een oudere dame zich over hem heen buigt en hem met een flesje besprenkelt. Heel precieus. Monsieur Dubois ligt tegen de muur te suffen, maar ik hoor hem grommen van genot, zijn gezicht richt zich naar het flesje op, reikhalzend als een hond naar een kluif. Nu is mijn reukorgaan goed ontwikkeld, maar de sprenkeling van monsieur Dubois stijgt níét naar mij op. Nieuwsgierig sluip ik mijn trap af en buiten ruik ik het: Chanel met pis.

De dag daarna hoor ik van een andere oudere dame (er zijn nauwelijks jónge achterblijvers in augustus) dat Armand (zo heet 'onze' clochard) al meer dan veertig jaar bij de straat hoort. Veertig jaar tussen dezelfde muren. Veertig jaar hangen tegen auto's. Veertig jaar graven in prullenbakken. En eeuwig dronken.

Mijn schuimrubberen bed, een bij de huur inbegrepen Ikeahomp, is een kachel geworden. Als ik er 's nachts voor sta, voel ik de hitte op me afstralen. Over de veertig graden blijft het 's nachts. Ik geef het op en vlucht naar de kust, maar niet dan nadat ik Armand een fles wijn in de hand geduwd heb, een lekkere Brouilly – *bien frais*. We moeten tenslotte aan onze medemens denken, de media roepen er dagelijks toe op. En of je nou wijn schenkt of drinkt, het sust in beide gevallen het geweten.

Als ik terugkom maakt Frankrijk de balans op: 14 800 hittedoden, 2000 niet door familie opgeëiste lichamen uit Parijs en omgeving krijgen een collectief graf. De president spreekt gevoelige woorden.

PS Monsieur Dubois heeft een viool op de kop getikt. Hij heeft hem met zijn eigen vet opgepoetst en nou glimt ie in de avondzon.

HALLAL

ORENPARADIJS

'Ga erheen,' schreef *Le Monde*. 'Het zou wel eens de laatste kunnen zijn.' Le Salon International de l'Agriculture. Zeven hallen platteland in de grote stad. De grootste jaarmarkt voor koeien en konten. En je mag overal aan zitten. Aan de limousines, charolaises, blondes d'Aquitaine, maar ook aan de biggetjes van een zogende blanc de l'Ouest of konijnen uit de Bourgogne, merinos uit Arles en kippen uit Bresse. Al aaiend kreeg ik zelfs een bijzonder contact met een zwarte muilezel uit de Berry, die me letterlijk bij de kraag greep toen ik na een krabbel op zijn snuit weer voort wou. Nee, ik moest hem (het?) blijven aaien en krabben, we begrepen elkaar, onze ogen gaven dat aan. Ik weet zeker dat hij me meer wilde zeggen.

Een paar hallen verder voelde ik plotseling zijn adem in mijn nek, te midden van die drommen mensen, ik draaide me geschrokken om... Natuurlijk stond hij niet achter me, maar hij moet me geroepen hebben. Ik ben meteen naar hem teruggegaan en daarna nog twee keer; telkens stond ik stom van hem te houden.

Zwart was mijn vriend, zijn hoofd grijzig, maar niet van ouderdom, zijn ogen waren kwetsbaar menselijk. Het was liefde op het eerste gezicht – helaas kwam ik een zintuig tekort.

Mijn alledaagse zintuigen manifesteerden zich beter die dag. Neus deed zich tegoed aan karrenvrachten prikkelende stront van de honderden paradepaarden en koeien die hun spieren kwamen showen. Oor liet z'n smeer loskraaien door hanen en kippen en tractorgebrul, en door de schelle bellen van koeien uit de Alpen en Vogezen. Het zachte piesen van hun melk in blikken emmers verzachtte weer de pijn: drieëntwintig liter zag ik uit één koe vloeien. Oog kon er geen genoeg van krijgen. En Smaak kwijlde bij de schimmelkazen. Kazen uit streken die ik op de kaart niet kan vinden, maar hoe makkelijk vonden ze niet de weg naar mijn mond?

Naast de koeien stonden slagers karkassen uit te benen. Elke vezel werd opgediend: bloed, bot, staart en hersens. De darmenbrij rook nog naar stront. Tast toe. Een vrouw die dat zichtbaar graag in haar leven had gedaan, weigerde het vierde toastje *rillettes*. 'Nee, ik doe aan de lijn.' 'Mevrouw,' zei een boer die naast haar stond, 'als de botten goed op hun plaats zitten, valt het vlees er vanzelf mooi overheen.'

Mijn verhemelte waste ik met uitverkoren wijnen, minder dan *médaille d'or* proefde ik niet. Ook een twintig jaar oude armagnac viel in de prijzen, daar stonden de mensen een uur voor in de rij... voor één slok. Een jongere calvados of *vieille prune* kon in de wandeling zo van het dienblad worden meegenomen. Het drinken en proeven maakte de tongen los, bomen van kerels onderhielden me een kwartier over een kaasje niet groter dan een kurk of lieten me aan een zak spelt ruiken waarvan het oerzaad uit een piramide was opgeveegd en opnieuw tot leven gebracht. Wat voor dialect ze ook spraken, we verstonden elkaar als we de dij van een eend streelden.

Zelden zag ik zoveel dikke ronde koppen, mannen van het land die het er een paar dagen van namen. Ze waakten als ambassadeurs over hun erfgoed, zochten erkenning voor hun cultuur. En de Parijzenaars, minstens de helft van de bezoekers, zogen het op. Schalen, manden, tonnen. Zo afstandelijk als ze zich tegenover de levende have gedroegen, zo opdringerig toonden ze zich bij het tot kant-en-klare hap verwerkte beest.

Tegen het uur van het aperitief verbroederde ik me met paardenfokkers en de winnaars van een tractorwedstrijd. Ook politici weten dan de hal waar geschonken wordt te vinden. Hun bezoeken worden met de stopwatch bijgehouden. Wie het langst blijft, kan op de meeste stemmen rekenen. Rechts laat zich omringen door gehoornde koeien. Links beklimt een barricade van balen stro. En allen bekloppen de konten en doen beloften en knikken begrijpend bij het aanhoren van klachten en onvrede. President Chirac vestigde tot nog toe het record: zeven uur. Ik bleef negen uur. Tegen die tijd had ik het refrein van een jachtlied uit de Auvergne onder de knie. Een oud lied, vertrouwde een jonge boer me toe. Hij kreeg er tranen van in zijn ogen. Niet alleen van de drank. Hij zong over een paradijs van horen zeggen, het lonkte op de bodem van zijn glas. Veertig jaar geleden werkte 20 procent van de Fransen nog op het land, nu is het hooguit 3,5. De salon vat de laatste resten boerencultuur onder een glazen stolp, gestold leven dat in werkelijkheid nauwelijks nog te vinden is, hoe het ook lawaait en stinkt.

WORTH PARIS

'Er zit een vrouw in elke geur' en mijn moeder zit in Worth Paris. Een zilveren naam op een blauw kunstlederen doosje, waarin een diepblauw klein rond flesje zat: Dans la Nuit. Alleen op zeer bijzondere dagen ging de geslepen dop eraf, dan kreeg elke oorlel één druppel en haar buste een veegje. Zo rook Parijs. Naar feest, mooie kleren en een stout gleufje.

De uit Engeland afkomstige Charles Worth was een belangrijke jongeman in de hoogtijdagen van het Second Empire. Keizerin Eugénie liet zich door hem kleden en aangezien zij de mode bepaalde, deed haar voorbeeld volgen. Worth kon in zijn tirannie met de keizerin wedijveren, want deze bij de beste Londense laken- en zijdehuizen opgeleide kleermaker deed sociaal niet onder voor de nieuwe rijken aan het napoleontische hof. Hij leerde hun hoe zich te kleden én hoe men zich in zijn kleren diende te gedragen. In de geschiedschrijving wordt Worth officieel als de grondlegger van de haute couture beschouwd. Hij bevrijdde de vrouw uit haar hoepelrok en was de eerste die met levende mannequins werkte. De eerste modeshow ter wereld werd in zijn huis gehouden: rue de la Paix 7 – een straat die nog altijd in uiterlijk handelt. Maar geen steen, geen marmeren dank-je dat hem gedenkt. Parijs bepaalt de mode, niet een gastarbeider die toevallig goed kon naaien. Het onderwerp ligt te gevoelig.

Dagen ben ik op zoek geweest naar een flesje Dans la Nuit, om vroeger nog eens op te snuiven. Het moet nog bestaan, maar geen verkoopster die de naam Worth ook maar iets zei. Toen ik mijn moeder door de telefoon over mijn vruchteloze pogingen vertelde, zei ze: 'Ik heb altijd een bodempje bewaard.' Voor haar laatste uitje. Dans la Nuit gaat mee in de kist.

DE STAD ALS BREIN

Om het moderne Parijs te begrijpen moet je veel door het verleden dwalen. Het kost een paar zolen, maar dan doe je ook wonderlijke ontdekkingen, zoals die dag dat ik halverwege de rue Charlemagne, een achterafstraatje in de wijk Saint-Paul, op zeventig meter stadswal uit de tijd van Philippe Auguste stuitte. Nagenoeg ongeschonden, ook al knalden de straatjongens er hun ballen tegenaan. Maar de muur kan wel tegen een stootje, want de koning liet hem speciaal bouwen om de Parijzenaars beschermd achter te laten toen hij eind twaalfde eeuw op kruistocht ging. Niet alleen de stad werd ommuurd, maar ook de omringende weiden, wijngaarden en kloosters. Philippe Auguste schonk Parijs een vesting in de vorm van een hart. En hier en daar laat dat hart zich nog steeds voelen.

Julien Green heeft de kaart van het hedendaagse Parijs met het menselijk brein vergeleken. (Het klopt, binnen de boulevard Périphérique althans. Het gezwel dat buiten de betonnen schedel van de snelweg valt, telt en ziet de Parijzenaar niet.) Het geheugen zetelt volgens Green in de Marais, Saint-Germain is het intellect, de rekenknobbel bevindt zich in de omgeving van de Beurs en de grillige Seine zou het onderbewuste zijn.

In de volksmond wordt de plattegrond van Parijs L'Escargot genoemd. Hart, brein of slak – compact is het. De stad is ook heel langzaam gegroeid. Van de stadswal van Philippe Auguste – een steenworp van de Bastille – tot aan de oostkant van de Périphérique is het een halfuur lopen, maar Parijs heeft er acht eeuwen over gedaan. Geen westerse wereldstad is zo met horten en stoten gebouwd. Steden als Londen, Berlijn of Los Angeles konden hun tentakels alle kanten uit steken, maar Parijs is zo vaak bedreigd, belegerd en binnengevallen dat het zijn muren telkens stukje bij beetje naar buiten schoof. Zes muren bouwde het om zich heen, zes keer brak het de oude muur geheel of gedeeltelijk af. En na verloop van tijd, als de stad weer vol was, werden de armste bewoners uit de beschermde stad gedrukt – naar een gebied waar het officieel verboden was te bouwen (*la zone non constructible*), een regel waar geen mens zich aan hield. Tot het ruimtegebrek binnen de muren weer zo nijpend werd dat Parijs opnieuw moest uitbreiden en de losse bouwsels die tot buitenwijken en dorpen waren uitgegroeid binnen de nieuwe stadsmuren inlijfde. Zo paarde straat aan straat en huis tegen huis, als koraal: in de kern verklonterend en naar buiten toe steeds luchtiger. Een proces dat zich tot vandaag de dag herhaalt. Alleen zijn het geen muren meer maar ringwegen die steeds verder uitkringen.

De bekendste ringweg is de boulevard Périphérique uit 1960. De fortuinlijken die binnen die sliert knorrend blik wonen, noemen alles daarbuiten nu nóg *extra muros*. De rand van de stad heet *la zone*. Het is ook niet voor niets dat *c'est la zone* 'beroerd' betekent. (En als de bewoners daar zich niet aan de regels houden, spreekt men van ZUS – Zone Urbaine Sensible.)

Wie vanuit het centrum door de eeuwen naar de Périphérique wandelt, doorkruist niet alleen oude dorpen – soms nog met een eigen plein, een eigen centrum en een eigen theater – maar stuit ook op vergeten landjes wilde natuur (zoals in de rue de la Réunion – twintigste arrondissement), een snipper oud woud (in de rue Saint-Vincent – achttiende arrondissement), een wijngaard in Montmartre, of boerenlaantjes en arbeidershuisjes verscholen achter hoogbouw. *La campagne à Paris. Les villages de Paris.* Allemaal met hun eigen karakter en historische mythes. Eigenzinnige hersendelen binnen het brein van Parijs.

Maar het spannendst blijft het middeleeuwse hart. Je voelt de oude stadswal, bent je bewust van zijn schaduw, ook waar geen steen meer overeind staat. Soms meen je hem te ruiken, op een muffe straathoek waar het woord *fossé* in een oude huismuur gebeiteld staat: rue des Fossés-Saint-Victor (tegenwoordig du Cardinal Lemoine), l'ancienne rue des Fossés Monsieur-le-Prince. *Fossé, fossé...* als je maar met je neus in de wind loopt, kom je het woord meer dan eens tegen. Het is de naam voor de oude greppels, geulen en watergangen naast de stadswal. In de fossé rotte en dreef alles waar Parijs niks meer van wou weten: uitwerpselen, karkassen en – volgens overlevering – lijken van overspelige vrouwen. De stankgrens van de middeleeuwse stad. En nog steeds trekken de fossés grenzen, als jaarringen in een boom. Aan de ene kant van de rue Monsieur-le-Prince wandel je nog in de kronkels van het geleerde Quartier Latin, aan de andere kant stap je het theatrale decor in van het Quartier de l'Odéon. Veel meer licht, ruimte. Huizen die andere mensen aantrekken, andere manieren.

Het kan nog spectaculairder: laatst liep ik door de rue

Saint-Jacques, sprong over de gelijknamige zuidelijke fossé, versnelde mijn pas richting Observatoire – tot voorbij de laatste nauwe straten – en plotseling stond ik in een schilderij van bomen, kloostertuinen, oude hekken, brede lanen... Het extra muros van het middeleeuwse Parijs. Even waande ik me op weg naar Orléans en Italië... Een antieke reis lag voor me.

Thuisgekomen zocht ik op de plattegrond waar ik precies gelopen had en voor het eerst besefte ik dat de moderne kaart van Parijs zich ook als een kalender laat lezen.

LAWAAILIJSTJE

De nacht is altijd dronken. Autodeuren die te hard dichtslaan, een luid afscheid, twee ruziënde wandelaars. Het went. Net als de vrachtwagen die 's morgens om vijf uur de winkel van Annie komt bevoorraden: gezoem van een laadklep, gerammel van ijzer, gerommel met flessen. De wieltjes van monsieur Dubois komen een kijkje nemen, gemompel... hij loopt weer weg, met zijn eerste fles. Daarna weer stilte. Slaap. Tot een brommer als een mes de straat openscheurt.

7.00: de stad maakt zich op. De visboer om de hoek wordt bevoorraad, er dondert een staaf ijs op de stoep. Het personeel van de nabije hotels gaat en komt. De blanke jongen van de dagdienst vervangt de zwarte jongen van de nachtdienst. En de klokken, klokken uit kloostertuinen, kerkklokken. De laatste buurtwekkers.

9.00: een lichter geluid tikt onder mijn raam. Naaldhakken op weg naar kantoor. Raam open: zomer en winter vijf werkdagen in de week ruikt mijn straat op dat uur naar parfum.

10.00: etalageramen wassen, winkelstoepen schrobben. Tuinmannen in de Jardin du Luxembourg harken de paden. Straatvegers laten water door de goten stromen.

11.00: *l'heure des manifs*. Protestmarsen op de boulevards. Twee-, driemaal in de week, tienduizenden mensen op de been; telkens voor een andere zaak. Vrouwen tegen het verbod van de hoofddoek. Vrouwen voor. Boze tabakswinkeliers tegen de verhoging van de sigarettenprijs. Ziekenhuispersoneel in staking. De communisten klappen nog op het ritme van 'wij-gaan-door-met-de-strijd'. De automobilisten toeteren tegen alles in.

12.00: bezorgers brengen zakken vol stokbroden naar de restaurants. Bedelaars zoeken strategische plaatsen op. (Vroeger kon je tussen halfeen en halfvier geen mens op zijn werk bereiken: men at. Tegenwoordig is de onbereikbaarheid teruggebracht tot één uur. Restaurants passen zich bij het nieuwe tempo aan; jonge mensen eten zelfs een broodje op straat.)

12.30: een ingehouden stilte – Paris déjeune. Van halftwee tot vier uur gaan de kleine winkels dicht. Siësta. De koksschool in de rue l'Abbé Grégoire zet de ramen open. Braadgeur vult de straat. In de Jardin Royal pakken leerlingen van de kunstacademie hun schetsboeken uit hun tas om de fontein en de façades in potlood vast te leggen.

16.00: de arbeiders verlaten hun steigers. Drukte bij de metrotrappen. Een warme lucht hangt in de kleren van de voorbijgangers.

16.30: verlate manifestatie van milieuactivisten tegen de verpakkingsindustrie: *Dégage l'emballage*. Senegalezen met groene bezems ruimen hun rommel op. Bakkers bakken vers brood voor het avondeten. *Le Monde* van de volgende dag ligt bij de kiosk.

17.00: hakkenparade, trager dan in de morgen. De parfums zijn uitgewerkt. Sirenes op de boulevard Raspail: een minister heeft haast. Motoreskaders gaan hem voor. Op boulevard du Montparnasse worden de oestermanden buitengezet.

19.00: bediening en kookploeg proeven het menu van de avond. Sirenes langs de Seine: de president van de republiek heeft haast. Drukte in de zijstraten, geruzie om parkeerplaatsen. Een boze gehelmde neger duwt vuilcontainers uit de winkels van de rue de Rennes naar de straatkant (een van zijn vijf baantjes).

19.30: hoefgetrappel op de rue de Sèvres. Zeven minipaardjes en drie ezels uit de Jardin du Luxembourg worden naar hun stal gebracht.

20.00: Saint-Germain loopt vol. Zitmensen kijken naar loopmensen. Rijen voor de bioscoop. Rijen voor de theaters. De eerste eters schuiven aan. In de rij voor de gerant van Brasserie Lipp.

23.00: verzadigde slenteraars. De mooie mensen van Café de Flore drinken een laatste glas. Nog tientallen klanten in boekhandels van La Hune en L'Écume des Pages.

24.00: Taxi's houden stil voor de Club de rencontre naast het kloosterrusthuis, een van de meer dan zestig parenclubs binnen de Périphérique. 'Là-bas on partouze,' vertrouwde een chauffeur mij toe. Vleesgrabbelton voor verveelde stellen, elke week aanbevolen in de *Pariscope*.

24.30: een huilende vrouw die ergens niet naar binnen kan. Een gek die schreeuwt. Politiefluitjes op de rue de Vaugirard. Geren in de straat. Een jongeman wordt met zijn gezicht tegen een winkelruit gedrukt en ingerekend. De huilende vrouw is het er niet mee eens. De wieltjes van monsieur Dubois. Een vermoeide man valt op bed: *c'est moi*.

De dronken nacht.

De volgende morgen: een verkoopster wast de afdrukken van een gezicht van haar etalageruit.

PS Maar net hier, toen het oor nog alles noteerde, hoorde ik ineens geen klokken meer. Ik merkte het pas na een dag of twee. 'Les cloches sont parties à Rome,' zei Annie. De klokken zijn naar Rome vertrokken, zo wil het gezegde. In de stille week voor Pasen zwijgen de kerkklokken van Parijs (en de orgels). Een kennelijk protestantse klant voegde eraan toe: 'Ils sont des cloches, ses catholiques.' Zo leer je Frans op straat: *une cloche* is ook een sufferd.

À BICYCLETTE

De vrouw naast me bladerde door een Griekse krant, ze droeg een azuurblauwe hoed, ze las niet, ze kon haar ogen niet van me afhouden. Ze knikte naar de fiets die ik zojuist met moeite aan een prullenbak had vastgeketend. 'Fietst u in Parijs?'

'U ziet het, mevrouw.'

Ze griezelde bij de gedachte. 'Is het niet gevaarlijk, die razende rotondes?' Ze raakte er niet over uitgepraat.

'Twintig jaar geleden werden fietsers gesneden en weggetoeterd, nu mogen we op de busbanen,' zei ik. 'Er komen steeds meer fietspaden en speciale verkeerslichten. De fiets is de redding voor Parijs.'

'Maar geen Parijzenaar die het doet,' zei ze.

'Omdat het geen status heeft. Drie kwartier zoeken naar een parkeerplaats, uren in files zitten, dat is pas chic. Fietsen wordt hier als een sport beschouwd, kijk maar hoe idioot ze zich kleden, met een helm op en in de bontste tricots. Bobbels aan alle kanten. Maar je kan ook fietsen met een vouw in je broek.'

Ze inspecteerde mijn verwaaide vouwen. 'Maar die uitlaatgassen en die stank!'

'Het jaar dat ik daardoor eerder zal sterven, heb ik al vele malen gewonnen door overal de eerste te zijn.'

We namen afscheid. Zij liep naar de bushalte, ik naar mijn fiets. Bij het eerste stoplicht stond ik al naast haar bus, ik zag haar zitten, de Griekse met de blauwe hoed, ze zat aan de straatkant en ik tikte op haar raampje, ze schrok, maar toen ze me herkende groette ze verrast. Haar bus trok op, maar ik bleef voor. De bus haalde me in, ze zwaaide met haar krant. Langs de hekken van het Luxembourg, richting Observatoire. Een verkeersopstopping, ik klopte weer op haar raam. Een brede lach. Ze jutte me op. Om Maréchal Ney, langs La Closerie des Lilas, voorbij onbekende straten, vreemde boulevards. Ik fietste als een bezetene. Ze stapte uit. Ik reed haar klem op de stoep. Ze waaide me koelte toe. Speelde met mijn fietsbel, onze ogen zochten een terras. Na drie glazen wou ze een stukje achterop. Griekse kreetjes op de straat. We deden twee keer een rotonde.

Wat ik haar niet vertelde:

De politie treedt streng op tegen stoepfietsers, door-het-rode-stoplichtrijders of tegen luiaards die een stuk tegen het eenrichtingverkeer in trappen. Je mag je fiets niet op de binnenplaats van een museum zetten, niet tegen een monument, etalage of kiosk. Hoeveel standjes ik de eerste maanden niet heb gehad: 'Ici en France on ne fait pas ça.' De keer dat een fiets van mij gestolen was en ik dit feit voor statistiek en verzekering toch even bij de politie wilde melden, moest ik me vervoegen bij een bureau dat speciaal met buitenlanders is belast. Anderhalf uur vastgehouden – wat ik voor de kost deed, wat ik in Parijs zocht –, verhoord alsof ík de boosdoener was. Parijs, de vriendelijke politiestaat.

DE HEL VAN STRINDBERG

Wat doe je als je alleen in Parijs woont, als je na drie dagen zwijgen het stof van je stembanden schraapt en niet te vroeg troost in de wijn wilt zoeken? Wandelen, veel wandelen is goed voor de geest.

Een alleenloper zoekt houvast in vertrouwde routes. Zo maak ik elke dag een wandeling door de Jardin du Luxembourg en dat kan van mijn huis uit niet zonder de rue d'Assas over te steken. Hoofd opgeheven naar de gevels, want er hangt altijd wel ergens een plaquette die een verhaal vertelt. Parijs is goed in gedenken. Op een middag lees ik boven nummer 62: 'Hier in dit gebouw, voorheen hôtel Orfila, maakte de Zweedse auteur August Strindberg van februari tot juni 1896 een belangrijke fase van zijn leven door.' Daaronder een citaat uit het boek *Inferno*. Verdomd, dat heb ik vorig jaar in een vakantiehuis gelezen, het lag op het nachtkastje naast me. Zelden zo'n idioot geschrift in handen gehad... Dit was dus het huis waar de schrijver stapelgek is geworden, waar hij op zijn kamer een laboratorium bouwde en 's nachts met bloedende handen retorten in de open haard zat te verhitten.

Ik had me het katholieke meisjespensionaat Orfila groter

voorgesteld, misschien omdat zijn wanen er zo groot waren, zijn angstaanvallen zo heftig. Ontving hij er ook niet hemelse tekens? Wat mooi dat Parijs mij even bij hem stil laat staan. Bij de bitterste maanden uit zijn leven, toen hij voor de tweede maal gescheiden, bankroet en teleurgesteld in het literaire klimaat van zijn land naar Parijs was afgereisd om wraak op de wereld te nemen.

Strindberg wou op andere wijze dan met schrijven onsterfelijkheid verwerven: door goud uit zwavel en ijzersulfaat te destilleren. In *Inferno* doet hij verslag van zijn verwarde geestesgesteldheid – paranoia, schizofrenie – en gaat hij de strijd aan met de boze machten die Parijs regeren. Echt een boek om in deze stad opnieuw te lezen.

Nog diezelfde middag vind ik het in een tweedehands boekhandel in de rue Monsieur-le-Prince. Toeval?

Een paar uur later zit ik met wijn en Strindberg in de hand te juichen op mijn zolderkamer: al mijn straten op weg naar het park, ja, zelfs mijn eigen uitzicht vind ik bij hem terug. In de rue de Fleurus ontdekt Strindberg in het uithangbord van een verfwinkel de initialen van zijn naam: A.S. 'Zwevend op een zilverwitte wolk, met daarboven een regenboog.' Die verfwinkel, heb ik die niet ook gezien? Strindberg herkent in het uithangbord een Bijbelcitaat dat hem met 'onzichtbare handen' door zijn buurt drijft en zwevend in de Jardin du Luxembourg doet belanden: 'Op dit vroege uur is het park van mij, de rozentuin behoort mij toe, ik ken alle bloemen in de bloemperken.' Hij verlaat het park door het traliehek aan de rue Soufflot, loopt naar de boulevard Saint-Michel, snuffelt in de uitgestalde boeken en krijgt openbaringen als hij op goed geluk een boek openslaat. Maar dat is mijn wandeling! Ook ik eigen me elke dag het park toe – zoals alle eenzame wandelaars. En ook ik neus in de boekenbakken van Saint-Michel. Op de terrassen van Montparnasse waar Strindberg absint dronk, drink ik na de bioscoop een glas rode wijn. Alleen, in zo'n glazen hok.

Met *Inferno* weer vers in mijn hoofd moet ik me bedwingen om in de wolken en in de afgewaaide takjes op mijn pad geen tekens te lezen. Zag ik daarnet niet het hoofd van mijn moeder voorbijdrijven? Vers gepermanent? En lagen daar niet twee kastanjeschillen die samen een V vormden? De V van Volharden! Ja, dat gebieden ze mij. Vol te houden!

Hoe harder ik werk, hoe beter ik het gewoonlijk met mezelf kan vinden, maar door *Inferno* krijg ik opeens reuze met mezelf te doen. Waarom ben ik eigenlijk uit Amsterdam weggegaan? Wat zoek ik in een stad waar ik niemand meer ken? Met de halve vrienden die ik hier had, heb ik het contact verloren en de hele zijn weg of dood.

Om me van Strindbergs wanen te verlossen besluit ik steun te zoeken bij Hemingway, ook hem kom ik tijdens mijn wandelingen naar het park dikwijls tegen, als hij koffie gaat drinken bij Gertrude Stein in de rue de Fleurus 27 of voor zijn eigen huis in de rue Notre-Dame-des-Champs 113. Ik ben nog altijd in de leer bij Hemingway. Zijn werk zit vol advies en zelfvertrouwen. Híj heeft me ook met zijn prachtige ode aan schrijven in Parijs – *A Moveable Feast* – hierheen gelokt, beïnvloedbare lezer die ik was, die ik ben. Ik wandel naar de huizen waar zijn Parijse avontuur begon: rue du Cardinal Lemoine 74 en om de hoek, rue Descartes 39, waar hij in dezelfde kamer schreef waar Verlaine stierf. Nergens kleeft ook maar een zichtbare herinnering aan hem. Toch kan ik er niet lopen zonder aan de in *A Moveable Feast* beschreven geitenhoeders te denken die er in de jaren twintig hun kuddes nog door de straten dreven. Voor verse melk liet zijn bovenbuurvrouw een pan uit het raam zakken... Vlakbij, in de rue Mouffetard, waar Hemingway de geur van de destijds in de trappenhuizen geplaatste poeptonnen oproept, word ik aangesproken door blauwbekkende obers die klanten naar hun gedekte tafels lokken. De straat blijkt één groot eethuis te zijn; toen Hemingway er om de hoek woonde, kon hij slechts uit twee restaurants kiezen.

De straat Mouffetard – maar die kende ik als kind toch al? Hij wordt in al zijn stank beschreven door Hector Malot. Ook dat komt op deze wandeling boven: *Alleen op de wereld*! Mijn eerste bezoek aan Parijs, voorgelezen door mijn zussen. In deze omgeving werd de arme Rémi na de dood van het aapje Joli Cœur door zijn meester Vitalis verhuurd aan de uitbuiter Padrone Garofoli, voor wie Rémi uit bedelen moest gaan. *Sans famille* – toen begon het al: zwelgen in zieligheid. Kom, hou ermee op. Volhouden. Dankzij boeken ben ik in Parijs nooit echt alleen.

PS1 De geur van vee en land is nog altijd niet verdwenen: zomers in de parken ruik je het zweet van ezeltjes en pony's die de godganse dag kinderen op hun rug mogen torsen – 's avonds worden ze door hun uitbaters naar een stal gebracht en hoor je ze klossen tussen het verkeer. En de politie laat haar knollen mooi stinken, vooral in de omgeving van de Sorbonne, om opstandige studenten te intimideren. Je mag ook kippen op je cour houden – als je buren ermee kunnen leven. Maar varkens zijn sinds de veertiende eeuw bij wet verboden, nadat de oudste zoon van Louis VI door een kudde varkens van zijn paard werd geduwd en daarbij een dodelijke val maakte. Al dat vee in de Parijse straten zorgde natuurlijk voor veel stank en stront. Vandaar dat je op oude kaarten van Parijs een rue Merderais vindt, de Strontstraat.

PS2 Het is koud en monsieur Dubois draagt een wit bontvel, met riemen kruiselings om de borst, en gisteren kraste hij iets op zijn viool. Vitalis!

EEN SNAAR GERAAKT

Parijs in de sneeuw. Drie centimeter en de bussen en taxi's vielen uit. Een paar centimeter meer en ook de metro haperde. Bij Barbès liet lijn 4 ruim een halfuur op zich wachten, ik draaide de klok de rug toe en staarde gelaten naar de plassen op het perron. Onze jassen drupten na. Er kwamen steeds meer mensen bij, we schikten in en protesteerden niet; we gedroegen ons als pinguïns op een ijsschots. Gedwee. Tot de metro binnenrolde en het roofdier in ons opfladderde: ellebogen breed, van je afbijten en de zwaksten opzij duwen. Een oud vrouwtje vond een schuilplaats onder mijn rechteroksel.

De metro schudde ons droog. Het begon gemeen te ruiken. Ik besnuffelde het oude vrouwtje (haarlak, stank kon je 't niet noemen), verkende vuile kragen, ongewassen haren, puisten, tot ik bleef haken aan een man die een gitaar omhelsde, heel innig, om haar in het gedrang te beschermen. Een zwarte glanzende gitaar, zonder hoes of koffer. Bloot. Ik rekte mijn neus: die gitaar stonk. De armoe was in de nerven getrokken. De man aaide de hals, meer speelruimte had hij niet.

'Sneeuwt het buiten?' vroeg hij aan een meisje naast hem. Ze antwoordde niet. Er parelde een vlok op haar muts. De man vroeg het andere omstanders. Sneeuwt het? Sneeuwt het? Geen antwoord.

'Ja meneer, het sneeuwt,' zei ik.

De man keek me aan. 'Ik heb honger.'

Ik draaide van hem weg, maar de geur van zijn gitaar bleef hangen.

'Une petite pièce pour manger?'

'Nee,' zei ik zacht. Het was ook te vol om naar de portemonnee in mijn kontzak te zoeken. Mijn broek reisde in een andere wereld. Bovendien: de man keek me te boos.

We moesten er dezelfde halte uit, namen dezelfde trap. Ik liet hem passeren, om zijn stinkgitaar nog een keer op te snuiven. Het sneeuwde en de straten waren verlaten, in de restaurants werd al voor de volgende ochtend gedekt. We sloegen dezelfde hoek om. Hij voorop. Onder de luifel van een café trok hij zijn jas uit en wikkelde hem om zijn gitaar – liefdevol, kraag om de hals. Ik liep hem voorbij. Weer die boze blik. Hij haalde me in, vloekend tegen de sneeuw. Hij troostte zijn gitaar. We liepen mijn straat in. Wat deed hij in mijn buurt? Op dit uur zat de rijkdom al dik en breed binnen. Zocht hij een bed bij een klooster? De enkeling die voorbijliep klampte hij aan. 'Petite pièce, petite pièce?' Niemand die wat gaf.

Ik probeerde hem te ontwijken en stak snel over. Maar hij herkende me en rende me achterna: 'Vrek!' We waren allemaal vrekken. Klootzakken. *Putains.* Als hij die nacht doodvroor, was het mijn schuld. Hij hield zijn gitaar boven zijn hoofd. Kreeg hij nú geld om te eten? Anders gooide hij haar kapot. Ik haalde mijn schouders op. De man trapte tegen het rolluik van de stoffenwinkel. Het donderde in mijn straat, ramen gingen open, hoofden naar buiten: *Du calme!* Verwensingen over en weer. Een automobilist die een parkeerplaats zocht, keek me verwijtend aan.

Ondertussen stond ik voor mijn deur, maar ik durfde de code niet in te tikken, bang dat de gek mee naar binnen zou glippen. Hij stond dreigend voor me en vloekte in een taal die ik allang niet meer verstond. Van de buurt hoefde ik geen hulp te verwachten. Ramen en gordijnen gingen weer dicht.

Sneeuw erover.

De verlossing zwaaide me tegemoet aan het eind van de straat: het blauwe licht van een politieauto. Twee agenten stapten uit. De man werd terzijde genomen. Moest mee. Hij weigerde in te stappen. Ook zijn gitaar wou hij niet afstaan. Man plat op de grond. Gitaar plat op de grond. De sterkste armen wonnen en frommelden de gek op de achterbank.

'En die gitaar?' vroeg ik.

'Geen plaats.' Een agent schoof haar met een voet tegen de gevel. De hals was geknakt, de snaren hingen slap. Maar die jas dan? De jas – als drek tussen twee vingers opgevist – verdween in de kofferbak.

En ik? Naar boven, kachel hoog, wijn in het glas. Alleen het knaagde... Niet de man, maar zijn gitaar. Toch nog even naar beneden. Een muziekinstrument verdiende een beter lot. Iemand was me voor geweest. De kruideniers aan de overkant hadden de gitaar al in hun container geflikkerd. De kop stak er nog uit. Ik gaf haar een laatste duwtje, maar het hout gaf niet mee. Het was taai, verwijtend bijna. Uiteindelijk sloot ik de klep alsof ik de ogen van een dode sloot. Teder. Je moet wat.

PS Ontdekt dat monsieur Dubois er nog een straat bij heeft, hij staat ook op de hoek bij de boulevard Montparnasse, ik zag hem daar op een koude dag in een telefooncel schuilen, steunend op een loopkruk – zijn laatste aanwinst. Hij at uit een conservenblik, een literfles wijn bij de hand.

TRONC
POUR
LES PAUVRES
DE PARIS

LEVE DE ZELFMOORD

Een mens moet in een stad behoorlijk zelfmoord kunnen plegen. Uit het zicht, zonder hersendrab voor anderen achter te laten. Hoge gebouwen vallen dus af. In de winter bieden de Seinekaden een goede gelegenheid: het water stroomt snel, is ijskoud en diep, de wanden zijn hoog en kaal, geen reddende trap of richel, de enkele aanmeerring hangt te hoog of zit vastgekoekt. Aanspoelen doet men gewoonlijk in een verre bocht, tussen plastic flessen, blikjes en drijfhout. Toch heb ik een keer, vroeg in de ochtend, midden in de stad een lijk langs de kade zien dobberen, aan de zuidkant van Île Saint-Louis, een van de weinige plekken waar je schuin de Seine in kan lopen. De *pompiers* waren al ter plaatse, kennelijk gewaarschuwd door omstanders die opgewonden wezen naar wat iedereen zag. Een witte regenjas opbollend in de golfslag. De pompiers wilden geen natte voeten halen en modderden met touwen en pikhaken. Het duurde lang, we keken gespannen toe. Niemand die nog sprak. De jas draaide zich om, een klot wier kwam boven, haar. Een man nam zijn hoed af. Hoofden bogen zich. Een gerucht ging door de rij: het was een clochard. Een vrouw in bontjas, vlaggend met haar nachtpon, herkende hem, het was háár clochard: *il est de chez nous*. Ze drong zich naar voren, wilde naar het water, werd tegengehouden. Ze begon te huilen, steeds harder. Haar stem kaatste tegen de kademuren. Sinds die wanhopige echo weet ik hoe hard en kaal de muren van de Seine zijn.

Waar het zomers moet weet ik nog niet.

PARIJS AAN ZEE

De zinken huid van mijn dak voegt zich naar alle seizoenen. In de zomer zuigt het de hitte op en in de winter de kou. Het rommelt mee met de regen, huilt met de wind. Monsieur Dubois wordt door de buurt in dekens gewikkeld, maar de nonnen gaan nog steeds blootsvoets in hun sandalen – ze blijven provoceren. De terrassen in de straat zijn opgedoekt, Annie heeft steeds minder kisten buiten staan, de praatjes op de stoep worden binnen gevoerd. Ook de kou verbroedert, al groet mijn onderbuurman mij na driekwart jaar nog steeds elke morgen met een: 'Alles gut?'

Mijn zolderuitzicht wordt steeds grijzer. Het zink verkleurt in de vrieskou, dak en lucht vloeien ineen. De meeuwen duiken voor mijn raam – meeuwen die de warmte van mensen opzoeken. Als ik mijn raam opendoe om ze te voeren en daarmee het geraas van auto's binnenlaat, hoor ik de zee. Ik ruik hem, maar het zal de visboer wel zijn. Ver van de natuur sta ik hier meer voor het raam dan ooit. De hemel omlijst door goten en schoorstenen laat me beter naar de wolken kijken, intenser dan ik vroeger in de duinen deed. In het park volg ik elke uitbottende spriet. Is dit het stenenlandschap waarin ik echt aarden kan? Ik mis de zee, het lege zich altijd veranderende landschap van mijn jeugd. 'On regarde Paris, quand on regarde l'océan,' schreef Victor Hugo tijdens zijn ballingschap op Guernsey. Ik zie de zee als ik over Parijs kijk. Misschien wil ik altijd daar zijn waar ik niet ben.

PS Monsieur Dubois is kwijt, ook de parkeerwachters hebben hem al dagen niet gezien.

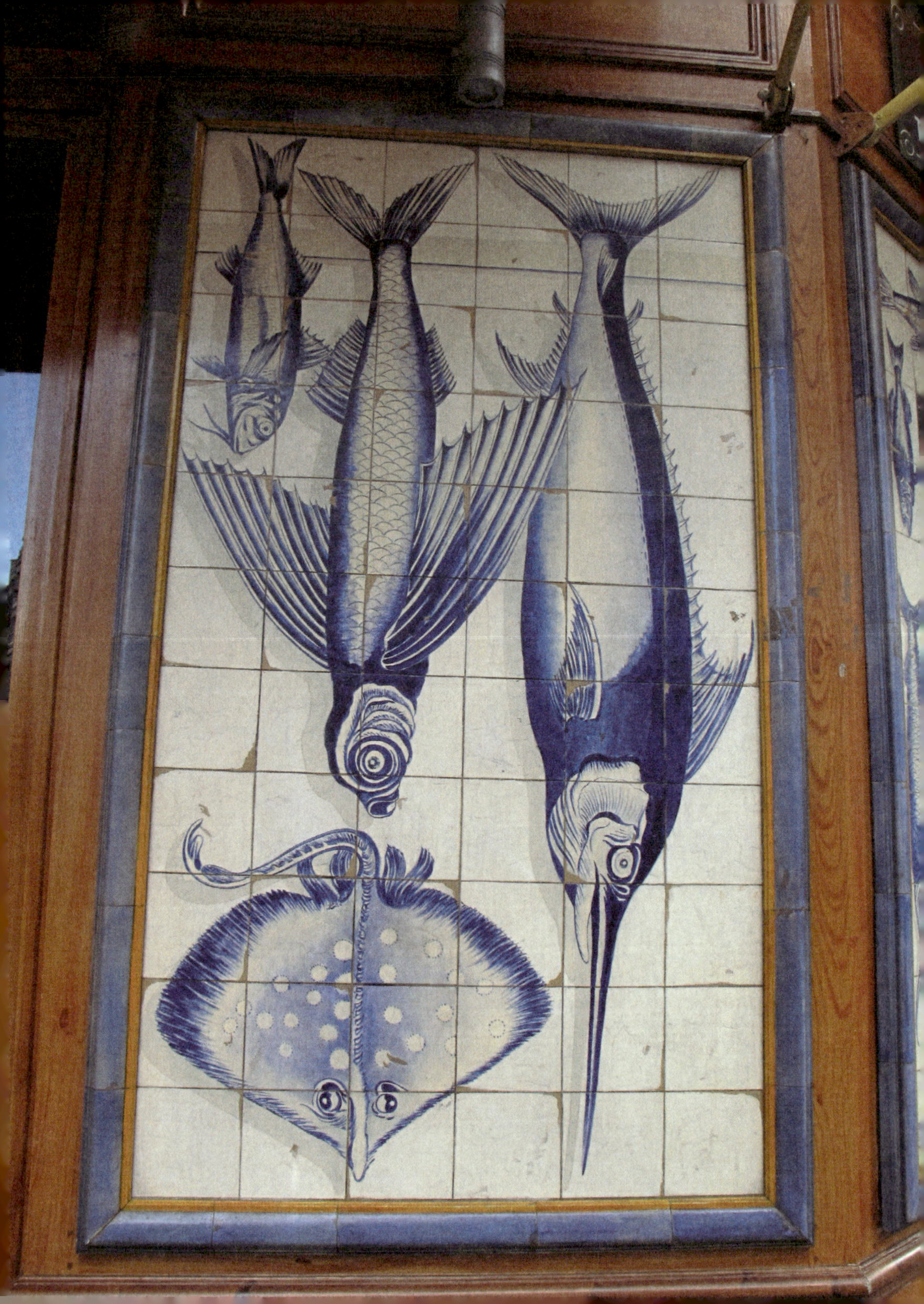

LE BON MARCHÉ

Deel nooit je favoriete pleisterplaatsen met mensen die je niet kent. Voor je het weet zit een uitgelaten gezelschap Hollanders in jouw lievelingsrestaurant te eten. Maar één plaats wil ik delen, omdat ik hem zelf al met duizenden deel: La Grande Épicerie du Bon Marché. De meest uitgelezen kruidenier van Europa. Een halve wereld aan etenswaren ligt er uitgestald: wittepuntjesthee uit de Himalaya, Ierse havermout, Schotse *haggis* (pens met prut uit de Hooglanden), Amerikaanse *peanut butter* (zoete zalf), *Turkish delight* uit Istanbul, ja zelfs onze Haagse hopjes ontbreken niet. En dan de verschillende traiteurs met Japanse, Italiaanse, Marokkaanse, Griekse en Franse gerechten. Kwijlend loop ik er rond.

Ik heb mezelf meer dan eens verboden bij Le Bon Marché naar binnen te gaan. Te vaak zwichtte ik voor een decadente olijfolie (er staan flessen van dik boven de honderd euro), handgeschept zeezout (gesigneerd door de *paludier*), verse pepers uit Madagaskar, reebok uit de Kaap of oogstrelende groentes in biezen doosjes, zoals de bloemkooltjes van vijf centimeter doorsnee (drie voor slechts zeven en een halve euro).

Maar het vlees is zwak (vooral bij de groente): een maand later loop ik weer met mijn mand langs de besprenkelde sla en opgewreven appels en vervoeg ik me beschaamd bij de kassa. Geen van de caissières zou zich mijn volle mand kunnen permitteren. En zo vreet ik me dik en ben ik begaan.

In de donkere dagen, als de beste wijnen uit de kelders komen en er een blauwe tonijn uit Polynesië met open bek op ijs ligt te dampen, ben ik helemaal niet meer te houden. De dag voor Kerstmis lokt er meer dan eten, dan wil ik de dames uit het zestiende hun bestelling zien komen ophalen. *Les bourgeoises*, mink aan mink voor de oesters. Berg je dan en sta op je strepen, want ze graaien het laatste kooltje uit je mand. O, ik aanbid hun gebakken haren, parelsnoeren en fluwelen kraagjes. Ik snuif ze op. En het mooiste: ze hebben geen last van hun rijkdom. Ze schrijven zonder gêne een cheque uit (Banque de Rothschild), wapperen nonchalant met een biljet om de *voiturier* te wenken en als de SUV wordt voorgereden en de knechten de boodschappen inladen, knaagt er geen geweten, althans niet zichtbaar. Heerlijk om zo dikhuidig te kunnen zijn.

La Grande Épicerie is een baken in mijn leven. Ruikt het binnen naar meloen, dan weet ik: het is al mooi weer in Cavaillon, en liggen er manden vol lychees met een blaadje, dan was de regen rijk en warm in La Réunion. Zo weet ik ook welke volken economisch boven komen drijven: na de Japanners heb ik horden Russen hun manden zien vullen (lawaaiig en ordinair), gevolgd door Chinezen, keurig in de rij voor de blikjes van Hédiard en Chez Maxime. En nu dienen de Indiers zich aan – met roodgestipt voorhoofd. Clichés op zoek naar clichés. Ook de geloven kleuren de winkel: Suikerfeest, Pesach, Moederdag – elke eredienst prijst er zijn eigen deeg en wij klanten weten weer hoe laat het is. Ga ik niet naar binnen, dan merk ik het buiten voor de deuren. Als de pompiers hun loten verkopen voor *le bal des Pompiers (le plus hot de Paris)* naderen we de veertiende juli; ziet het grijs van de katholieke bedevaartgangers dan vieren de rondom gelegen kerken de naamdagen van aldaar geconserveerde heiligen.

Maar wie kent La Grande Épicerie du Bon Marché bij nacht? Als de voorraad wordt geteld en werkers uit de buitenwijken de schappen vullen – dunhuidig als ik ben, zie ik dat aan, in het besef dat bukken van alle tijden is. Nog later komen de krantenmannen bijeen, die tot diep in de nacht onder de luifels dagbladen en tijdschriften sorteren. Het is dan een komen en gaan van scooters en auto's die de stapels weer naar de buurtkiosken rijden. Soms blijven de schappenvullers hangen en klinkt er muziek uit een gettoblaster. Ik loop wel eens langs, zo tegen twee, drie uur 's nachts, als ik het te laat heb gemaakt. (Overkomt me alleen in Parijs waar het chic is na tienen aan tafel te gaan.) Na een slok te veel durf ik een krant af te troggelen en een praatje te maken. Laatst nog, met een jongen die tussen de kranten stond te swingen. Hij vroeg me om een sigaret. 'Helaas, ik rook niet meer,' zei ik. Ook zijn collega's zaten zonder tabak.

Eenmaal in mijn straat, een paar hoeken verder, zag ik mijn overbuurvrouw op haar balkon een sigaretje roken. Zo laat nog? Ja, ze kon niet slapen. Maar zou ze niet stoppen met roken? Haar zucht echode tegen de gevels. 'Doe het *nu*,' fluisterde ik als een verleidelijke Cyrano. 'Geef mij het pakje!'

Buurvrouw wierp het me toe. En ik liep terug naar de luifels van La Grande Épicerie – sigaretten hoog in de hand. Het pakje ging van mond tot mond. Zelden zo'n goede indruk gemaakt met andermans zwakte. De swingende jongen wou me zelfs op een rap trakteren. En ik moest erbij gaan zitten, op een troon van kranten. Het was onverstaanbaar en toch onvergetelijk. Alleen het refrein bleef hangen:

Dans le pays à ma mère
La vie elle coûte pas cher
Mais dans la France où je suis né,
J'ai vraiment du galérer
Faut dire que même au Bon Marché

TATI
LES PLUS
BAS PRIX

DE GOUDEN DRUPPEL

La Goutte d'Or begint voor mij in het Gare du Nord, op het perron waar de trein uit Amsterdam aankomt. Ik kijk dan altijd even schuin omhoog of ik ze weer zie: Afrikaanse vrouwen op de ijzeren brug die boven de sporen hangt, waggelvrouwen met bundels op hun hoofd en fladderende kippen in hun hand – ook zij komen bepakt en bezakt uit een ander land.

La Goutte d'Or, ooit een dorpje buiten de tolmuur ten oosten van de *butte* Montmartre, ligt beschut op het zuiden. De heuvel werd destijds geprezen om zijn goede wijn, vandaar de naam: gouden druppel. (Het was traditie dat de koning – welke dan ook – op zijn verjaardag een vat Goutte d'Or van de stad Parijs cadeau kreeg.) In 1860 werden de tolmuren afgebroken en de *faubourgs* van La Goutte d'Or, La Chapelle en de Butte Montmartre aaneengeklonken tot een nieuw arrondissement: het achttiende. Voortaan vormden de *boulevards extérieurs* de scheidslijn tussen de stad en de buitenwijken.

La Goutte d'Or was toen allang geen dorp meer maar een snelgroeiende arbeiderswijk, getekend door absint, vuile fabrieken, abattoirs en krotten, en met de komst van de stoomtrein ook nog eens gevangen in een web van spoorlijnen en gietijzeren bruggen voor de bovengrondse metro. Émile Zola beschreef het contrast tussen het harde leven in La Goutte d'Or en de schaamteloze rijkdom op de Grands Boulevards – maar een paar straten zuidelijker en toch zo onbereikbaar voor wie (zoals Nana in zijn gelijknamige roman) in de schaduw van de oude tolmuur opgroeide.

Nog steeds wonen er arme mensen, alleen hebben ze een andere kleur en spreken ze een andere taal onder elkaar, niet het argot van een negentiende-eeuwse volkswijk, maar Arabisch, Berbers, of een taal uit Senegal, Mali, Ivoorkust. Het ruikt er ook niet meer naar fabriek, maar naar piripiri, honingkoek, munt en dadels. La Goutte d'Or is een deel van Afrika geworden.

De Maghreb ligt ten noorden van metrostation Barbès-Rochechouart, dat op zaterdagochtend in een gietijzeren soek verandert als duizenden Noord-Afrikanen van heinde en verre er hun boodschappen komen doen. Zwart Afrika begint een paar straten noordelijker, met als middelpunt de rue Myrha, waar het ritselt van de felbedrukte Afrikaanse lappen en waar in bedompte winkeltjes videocassettes, levende kippen, kalebassen, kolanoten, smokkelsigaretten (*les vraies Marlboro du Sénégal*), in het zand gedroogde vis uit Mbour en reizen naar Mekka worden verkocht. Beide delen ontmoeten elkaar in de oases van Tati, een winkelketen die vooral in de volkswijken bloeit. Duizenden vrouwen komen daar in bakken vol koopjes graaien. Sokken, broeken, vesten, beha's vliegen in het rond – een pantomime van bruine en zwarte armen. Waar al die mensen vandaan komen weet geen douanier, maar ze hebben allemaal kleren nodig, voor zichzelf en voor familie overzee. Niet alleen Tati doet er gouden zaken, in de zijstraten, tegenover moskee en Koranschool, tussen de viswinkels en schapenkloten, wordt ook van alles tegen afbraakprijzen aangeboden: karrenvrachten schoenen voor tien euro per paar, uitgestald in een vervallen bioscoop uit de jaren twintig, onder het balkon en tussen fluwelen draperieën.

De straathoeken bieden plaats voor duisterder zaken, daar schuren leren jasjes schouder aan schouder en voeren jongens in glimmende trainingsbroeken fluistertelefoongesprekken. La Goutte d'Or blijft een leerschool voor boefjes – ook dat is een traditie. Al dat gekrioel is de gekozen bestuurders natuurlijk een gruwel, dus knapt men op door af te breken en zoekt men ordening in de lelijkste nieuwbouw – te duur voor de oorspronkelijke bewoners, die zo met de beste bedoelingen uit Parijs worden verdreven.

Tussen chaos en nieuwbouw – waar Noord- en Zwart Afrika in elkaar overlopen – ligt een kerk die bijna iedere Parijzenaar van naam kent, al bidt er geen wit gezicht: Saint-Bernard de la Chapelle. Eind jaren negentig haalde deze kerk de voorpagina's toen een aantal Afrikanen er zonder geldige papieren in hongerstaking ging uit verzet tegen de drastische uitzettingspolitiek van de regering. De aandacht van media en de steun van hulporganisaties en sympathiserende intellectuelen mochten niet baten: na een paar weken bestormde de politie de kerk, onwrikbaar en wars van gedogen als ze is. Sindsdien is Saint-Bernard de la Chapelle een bedevaartsoord voor vluchtelingen en asielzoekers. Een schrift naast de zijingang, waarin bezoekers hun hart kunnen luchten, staat vol opmerkingen die daarvan getuigen, soms aandoenlijk onhandig gesteld: 'Dank lieve God voor het goeds dat u me geschonken heeft. Dank voor het wonder en mijn situatie als vluchteling. Vandaag gaat de gemeente mij accepteren en mij het papier geven. Ik bid ook voor mijn broeders en zusters in het Asielzoekerscentrum.' Ook moslims schrijven aan de god van Saint-Bernard ('Allah, Seigneur, Dieu... il y en a qu'un seul'), en dan vooral moeders die de hemel smeken hun zonen op het rechte pad te houden.

Als ik na mijn omzwervingen bij het eethuisje van Mama Diara binnenloop, schuif ik aan bij Fadi, een Malinese, ook zo'n moeder die inzit over haar zoon. 'De Fransen denken dat het hier Afrika is,' zegt ze al kip kluivend. 'Was het maar waar. Ik ben hier rijker dan in Mali, maar in mijn portemonnee armer omdat hier veel meer rijken wonen. Mijn zoon wil rijk worden, hebben wat zij hebben, en nu doet hij dingen die hij in Afrika nooit zou doen... Mijn zoon kan de weelde van Parijs niet aan.'

PROTEST IN HET ELFDE

Ik liep weer eens door mijn oude elfde, het arrondissement waar ik drie keer eerder huurde. Wat is het er keurig geworden. In 'mijn' tijd – voor de bouw van de nieuwe Opéra – krioelde het in de stegen en passages achter de Bastille: motorclubs troffen elkaar daar, meubelmakers en smeden werkten er op de stoep, de kroegen leken nooit te sluiten en vierkante mannen en vrouwen uit de Auvergne dreven er hun kleine eethuizen. 's Avonds rook het er naar aardappelen, *vieux cantal* en bloedworst. Het was een roerige buurt. Rellen in de stegen: vechten in de rue de la Roquette en rue de Lappe. Woeste jongens en meiden die agenten pestten. *Les querelles.* En daar dwaalde je dan voorzichtig tussen, de kraag opgestoken – kijken en de sfeer opsnuiven. Langs het bordeel, bewaakt door twee agenten, treuzelen voor de boevenbar waar de ruit vol sterren zat. Je dronk er een glas. Wilde bij de mannen aanschuiven, erbij horen, al wist je tegelijk dat je er te bang en te burgerlijk voor was. Je liet je wee maken door de accordeonmuziek die uit schimmige lokalen naar buiten droop. In de rue de Lappe is de *musette* groot en Frans geworden – meegebracht door Italiaanse immigranten die in de buurt van het

Gare de Lyon waren blijven hangen. En je liep binnen bij Le Balajo, met zijn roze muren en sterren tegen het plafond, waar opgedirkte verkoopsters van de BHV (Bazar Hôtel de Ville) met gastarbeiders dansten. Jive, tango, ballroom – elke avond een ander orkest. Rijk en arm, hoog en laag trof elkaar daar. (Le Balajo bestaat nog. Toen ik er op een zondagmiddag langsliep, zag ik suikerspindames met elkaar stijldansen.)

Overdag dwaalde je door de passages (Cheval Blanc, Main d'Or, Saint-Bernard, Cour Quellard). In 'mijn' tijd rook het daar naar zaagsel, verguldsel, lijm en leer – de geuren van de meubelmakers. Een steeg in, een poort door en je stond in een werkplaats. Geraamtes van stoelen hingen in de deurposten. Al sinds de dertiende eeuw werkten hier de 'vrije' ambachtslieden, zonder de strenge regels van een gilde (een recht verleend door Louis IX, alleen geldig voor de Faubourg Saint-Antoine). Dat gevoel van vrijheid en trots hebben de arbeiders uit het elfde elkaar eeuwenlang doorgegeven. Er woont volk dat zich weinig laat gezeggen. Drie revoluties begonnen in het elfde! Vanuit de krochten aan weerszijden van de rue du Faubourg Saint-Antoine werd de veertiende juli 1789 de Bastille bestormd. De driedaagse opstand van 1830, de februarirevolte van 1848, de communeopstand van 1871... nergens werden de barricaden zo hoog gebouwd als in de straten van het elfde. Geen wonder dat breekbaron Haussmann het oude stratennet met sabelslagen heeft doorkliefd. Maar zijn brede boulevards (een verbastering van het Middel-Nederlandse *bolwerc*) tastten het karakter van de intieme passages en stegen nauwelijks aan. De boulevards bleken bovendien uitstekend geschikt voor massademonstraties. Tot eind jaren tachtig ging er geen zaterdag voorbij of er marcheerde een groep militante arbeiders met banieren en megafoons tussen de Place de la Nation,

Place de la République en Place de la Bastille. Rare tijd, mijn tijd.

Door de komst van de Opéra is mijn oude buurt nu opgewaardeerd. Veel oorspronkelijke bewoners zijn na de opknapbeurten uit hun duurder geworden huizen verdreven. Yuppies betrokken de passages. Hier en daar hangt nog het geraamte van een stoel in een etalage. Een relikwie. La Rotonde, de stamkroeg van de motorjongens, is nu een loungecafé. Ook de woede is met zijn tijd meegegaan. Op de boulevards, waar eens de Internationale uit duizenden mannenkelen klonk, staan nu eendere mannen met eendere kwaaie koppen pamfletten van Le Pens Front National uit te delen.

ENS
CHE

HOOFDDOEK ALS SPANDOEK

Bij de drogist stond ik achter een jonge vrouw te wachten. Ze droeg een donkerblauwe vormeloze jas die haar hele lichaam bedekte, haar hoofdhaar zat onder een doek verborgen, ik kon haar wangen nauwelijks zien. Ze droeg blauwe sokken in haar sandalen, eigenlijk alleen haar handen waren bloot – jonge handen, zonder nagellak. Niemand die haar raar aankeek of achter haar rug gebaren maakte, niemand die haar een dienst weigerde, integendeel, het personeel vloog voor haar, ze werd met niets dan lieve glimlachen geholpen. De drogist deed bij vertrek de deur voor haar open. Het was een non.

Mijn buurt wordt door oude taxichauffeurs ook wel *le Vatican* genoemd. Ik kan mijn straat niet oversteken of ik zie een habijt, een blote voet in sandaal, witte boordjes, blauwe kapjes, de schittering van een zilveren kruis. Bedevaartgangers op weg naar een kapel in de rue du Bac, waar Maria aan een kloosterzuster is verschenen. Om de hoek ligt het meer dan 350 jaar oude gebalsemde lichaam van Saint-Vincent de Paul opgebaard in een glazen kijkdoos. Met pantoffels aan. Een kermisattractie. Ook dat trekt vroom volk. De rue de Sèvres is vanouds bekend om zijn hoge concentratie missiehuizen en kloosters, bij navraag blijken er om en nabij mijn straat meer dan vijfentwintig congregaties actief.

Parijs is een stad van symbolen en buitenkant. Wie zijn geloof opzichtig draagt, wordt dan ook met respect behandeld: kaalgeschoren boeddhisten wapperen in bordeauxrode lappen over de boulevards, in de rue des Rosiers lopen orthodoxe joden met lange baarden, lange jassen, peies en te kleine zwarte hoeden. De vrouwen bedekken er hun haar met pruiken. Het keppeltje zie je overal – voor de kleuters met Mickey Mouse- en Spiderman-motief. Sikhs houden met hun hoog opgedraaide tulband het plafond van de metro schoon. De protestanten plakken de contouren van een blikken vis op de achterruit van hun auto. De jehova's zijn te herkennen aan hun grijze regenjassen en zwarte plastic aktetassen, de rasta's aan hun dreadlocks en gehaakte mutsen in zwart, rood, groen en geel. De gouden tanden van de Russisch-orthodoxe vrouwen wedijveren met de gouden koepels van de Saint-Alexandre-Nevsky-kathedraal, de Afrikanen pronken op zaterdag in de bontste gewaden voor hun moskee. En dan hebben we het nog niet over mensen die van hun seksualiteit een religie maken: de travestieten, leernichten, fetisjisten. Of van de politiek, zoals de jeugdige aanhangers van het Front National: kaal, zwarte kistjes, de tricolore op het bomberjack genaaid – zij geloven in een wit Frankrijk. En niet te vergeten de Parisiennes die met hun kleding en juwelen showen dat ze de mammon aanbidden: *les garces du XVIème*, de tutten van het zestiende. Parijs vertrekt geen spier. De stad is neutraal. (Al is het de neutraliteit van de meerderheid: katholiek. *Anima naturaliter christiana*. De ziel is van nature christelijk.)

Eén dracht stuit echter op verzet: het moslimhoofddoekje. Niet alleen op openbare scholen, maar ook in het openbare leven en vooral op het werk. Galeries Lafayette, Printemps, Le Bon Marché, Samaritaine... Moslimpersoneel in overvloed, tijdens de ramadan een aangepast rooster en zonder make-up achter de kassa, maar geen hoofddoekje. Bij overheid en gemeente: doek af. In de rechtszaal eveneens. Juryleden mogen niet gehoofddoekt een zaak bijwonen. Sommige banken weigeren vrouwen met hoofddoek de toegang – de beveiligingscamera's eisen meer gezicht.

Het begon allemaal met twee zusjes die aan het begin van schooljaar 2003 met een hoofddoek in de klas verschenen. De leraren sputterden tegen, de schoolleiding verbood de dracht. In de zoektocht naar hun identiteit kwamen deze twee dochters van gescheiden ouders (een niet-gelovige jood en een katholieke, van origine Algerijnse moeder) op de islam uit. (Een jaar daarvoor wilden de zusjes een piercing, maar toen woonden ze nog in de provincie en smoorde moeder hun verzet.) Verhuisd en inmiddels getraind in het dwarsliggen, maakten ze bij vader in Parijs van hun hoofddoek een spandoek – met behulp van de media. Honderden pennen brachten de zusjes in beroering. Parijs raakte verscheurd over het hoofddoekje. Al of niet een uitzondering maken? Hoe heilig is de scheiding tussen Kerk en Staat? Radio en televisie debatteerden eindeloos: wel of niet een wet die het hoofddoekje verbiedt? Alsof de waarden van de Revolutie op het spel stonden: de historische strijd tegen de clerus werd opgerakeld, de neutraliteit van het onderwijs zou gevaar lopen.

Uiteindelijk werden de meisjes voorgoed van school verwijderd. Maar toen keek heel Frankrijk al door een vergrootglas naar hoofddoekdragende moslima's. En iedereen had een mening. De senaat organiseerde hoorzittingen in het werkpaleis aan de Jardin du Luxembourg. Veel van de ondervraagden kwamen op voor vrouwen die door hun omgeving tot een hoofddoek gedwongen worden. De staat zou niet voor de onderdrukkende praktijken van de islam mogen zwichten. Maar juist door al die aandacht lijken steeds meer, vooral jonge moslimvrouwen – al of niet vrijwillig – hun geloof in het openbaar uit te dragen. De hoofddoek als teken van strijd en trots. Van de ene week op de andere zag ik in mijn buurt vrouwen met hoofddoekjes over straat lopen. Zelfs het flirterige hulpje van de Algerijn om de hoek stond plots met een lap om boven de kisten.

Resultaat van het publieke debat: een wet die het dragen van opzichtige geloofsuitingen verbiedt.

Parijs is sindsdien zichtbaar in de war. Het ene incident na het andere haalt de kranten. Nu lijken ook de kruisen op straat te groeien. In de metro worden hardop nare opmerkingen over hoofddoekdraagsters gemaakt.

Op een muur tegenover het Square des Missions Étrangères – een van de kruispunten in le Vatican – droeg een graffitispuiter het volgende voorstel aan: *à bas à tout signe d'appartenance! Tous Nus.* Weg met alle onderscheidingstekens! Allemaal naakt. (Commentaar bleef niet uit: 'En peniskokers voor de besneden joden?') Een paar dagen later vielen de teksten aan de hogedrukspuit ten prooi en was de muur weer neutraal.

PRIÈRE DE
NE PAS
STATIONNER
DE
VOITURES

HEEL HET RADERWERK STAAT STIL...

Het besluit is genomen: ik zal me nog verder lossnijden van Nederland. Amsterdam is opgezegd. Wil men in nieuwe grond wortelen, dan moet men de oude aarde flink van zich afschudden. Na lang zoeken heb ik een betaalbaar appartement gevonden, met uitzicht op de Saint-Sulpice, een statige wekker. Ik verdubbel in vierkante meters, van eenendertig naar zestig. Nu moet ik er mijn hele Hollandse hebben en houden in persen. En dat gaat lukken. Ik heb driekwart van mijn meubels weggedaan, ja ook driekwart van mijn kleren, foto's, archief, boeken en schilderijen. Terug naar de kern. Wat een bevrijding. Een leven dat in twee kamers past. (Wat bezielt me? Train ik voor het bejaardenhuis, voor de dood? Toch ben ik optimistischer dan ooit. Ik heb een hoofd vol boeken en dat is het enige dat telt.)

Lichter leven vraagt zware voorbereidingen. Om officieel Parijzenaar te worden dien je een bureaucratisch parcours af te leggen. Huren, bankieren, belasting betalen, verzekeren, aansluiting op gas, licht, televisie, telefoon: uren kan je ervoor in de rij staan, stapels papieren moeten ingevuld (*mille feuilles*, zoals dat hier zo fraai heet). De huurmakelaar wilde een solvabiliteitsverklaring – iets gedegen Frans, geen vodje van een onbekende Nederlandse bank. De huisbazin wenste een bewijs van goed gedrag. Interessant om weer helemaal niemand te zijn, te moeten bewijzen dat je bestaat. De Franse bureaucratie is indrukwekkend. Zelfs voor een verhuizing heb je papieren nodig. Om die reden moest ik mijn Amsterdamse verhuizer naar de politiepost van 'mijn' nieuwe *mairie* verwijzen. Maar hij kreeg nul op het rekest. 'Die lui spreken daar alleen Frans!' meldde hij me verontwaardigd.

Zelf eropaf. De agente achter de balie kan me niet helpen: de verhuizer behoort de vergunning persoonlijk aan te vragen. Geen uitzondering op mogelijk. De volgende dag probeer ik het opnieuw, maar dan als verhuizer uit Amsterdam – na eerst goed te hebben gekeken of de kenau van gisteren niet weer loketdienst heeft. Ik heb geluk, een andere agente overhandigt mij prompt de formulieren en na het nodige gesoebat en mobiel getelefoneer met Amsterdam (ik moet de nummerborden van de verhuisauto doorgeven, de naam van de chauffeur) krijg ik de juiste stempels. Nog een paar vragen, madame: 'Ik woon [oef!]... *Onze klant woont* vierhoog, zonder lift, in een smalle straat, de Nederlandse Arbowet verbiedt tillen boven de twintig kilo.' (De mond van de agente valt open.) 'Er zit niets anders op dan in dit geval een buitenlift te gebruiken.'

De agente neemt mijn perkamenten handen met argwaan op.

'Kunt u voor dit doel twee parkeerplaatsen tegenover het pand vrijhouden?'

'Nee, dat regelt de politie niet, dat moet u zelf doen,' zegt ze. 'Maar u mag het verkeer onder geen beding hinderen, anders trekken wij de vergunning weer in.'

Van omwonenden hoor ik dat het bij een verhuizing in het drukke centrum gebruikelijk is de avond tevoren met een paar mensen een aantal vrijgekomen parkeerplaatsen te bezetten voor de verhuiswagen. Het heeft geen zin met klapstoelen en meters rood-wit lint ruimte af te bakenen. Eén blik in de ogen van automobilisten die al een uur hetzelfde rondje rijden en je weet dat ze bereid zijn voor iedere vrije centimeter te vechten. Er zal een behendig schaakspel met auto's moeten worden gespeeld. Ik doe de eerste zet en stel twee pionnen op. De volgende morgen ben ik van twee plaatsen tegenover mijn huis verzekerd. De pionnen soezen in hun auto's. De parkeermeters tikken. De verhuizer laat op zich wachten. Ik draag broodjes en koffie aan.

Als tegen het middaguur de verhuizer eindelijk aan komt kakken, blijkt de vrachtwagen breder dan we dachten. De lift die de dozen langs de gevel naar vierhoog moet opstuwen, past niet op het trottoir en steekt met een flinke poot uit op de rijweg. Een overbuurman – huisarts – maakt er bezwaar tegen dat zijn voordeur wordt geblokkeerd: 'Waarom verhuist u niet in augustus, als iedereen met vakantie is?'

Passerende auto's moeten hun buik inhouden. Bij te brede auto's moet de poot van de lift worden ingeklapt, een handeling die telkens een paar minuten kost. Toeters klinken, gassen stinken. En dan de bus. O, jee, tweemaal per halfuur rijden er twee bussen door de straat, wist ik niet! Lift en spiegels inklappen en de bussen langs de verhuisauto masseren. Alles onder aanwijzingen in plat Amsterdams.

Opstoppingen, boze gezichten. Welkom in de straat. Ik geneer me, trek me terug en bezie de zaak laf van achter mijn luiken.

De dokter blijft klagen, hij maakt een vuist naar de verhuizers. De verhuizers zwaaien vriendelijk terug. Boze stemmen dreigen met politie. En jawel, daar komt al een auto van de RATP aangereden, de ordedienst voor het openbaar vervoer. Zal ik de verhuizing moeten afblazen? Ik ren naar beneden en bots op een geüniformeerd functionaris, mobiele telefoon in de aanslag. 'Dat gaat zo niet,' zegt hij streng tegen de verhuizers. 'Die vrachtauto moet weg.'

'Maar dat is desastreus, meneer,' zeg ik tussenbeide komend en ik stel me voor als aanstaand bewoner. 'Ik heb een immense bibliotheek te verhuizen.' (*Désastreux*, *bibliothèque* – woordinflatie helpt in Parijs. Een beetje slimmerik heet hier algauw *génial*. Een aardige causerie wordt in het dankwoord als *brillant discours* in ontvangst genomen. Dus wat rest van mijn boekenkast is: *bibliothèque*. Vierhonderd dozen: *immense*!)

'Een bibliotheek?' vraagt de man ernstig.

'Wel duizend dozen, meneer.'

'Hoe lang zal het duren?' vraagt hij.

'Tot zes uur, zeven uur vanavond, schat ik, hoop ik.'

'Akkoord, tot zes uur en niet langer.' De RATP-man belt en regelt. Er worden twee bussen omgeleid. Een agent komt het verkeer regelen.

Soms kan er heel veel in Parijs.

ESPRIT DE L'ESCALIER

Tienduizend stappen loop ik per dag, een aan mijn broekriem bevestigde stappenteller telt ze een voor een. Tienduizend is genoeg om fit te blijven. Gemiddeld komt het neer op zevenenhalve kilometer. Geen betere manier om een stad te leren kennen. Een zijstraat met een vreemd gebouw dat lokt in de bocht? Sla in die straat. Een gevelplaquette die een belangrijk bewoner eert? Lezen. Een steen die aan een gevallen soldaat herinnert? Bedank die jongeman en bedenk dat jij in vrijheid leeft, dankzij hem. Etalages, galeries, stoffige passages – ik tel mijn zegeningen. En om na al dat getreuzel toch nog aan mijn punten te komen, neem ik trappen waar ik kan: in het warenhuis, bij mensen thuis en in de metro.

Halte rue des Abbesses (Montmartre) is het meest lonend: 181 treden. Zelf raak ik bij zoveel treden de tel kwijt, maar ik ken een man die deze trap dagelijks onder het neuriën van de *Can Can* van Offenbach bestijgt. 'Acht vierkwartsmaten per refrein,' vertrouwde hij me hijgend toe, 'ik neem hem in veelvouden van tweeëndertig en dan hou ik nog een staartje over.' We hebben het samen uitgeprobeerd, maar ik kon weer eens geen ritme houden, al was de deun een koud kunstje want ik heb als figurant nog in *Orphée aux Enfers* gestaan (gekleed in muizenslip en gazen kraagje – al stappen tellend hoop ik dat lichaam weer te hervinden). Onder het neuriën heeft mijn trappenman zelfs de theorie ontwikkeld dat een mens ook zonder telwoorden kan tellen. Een belangrijke vondst, zo meent hij, want antropologen denken dat sommige Austronesische volken geen telwoorden voorbij de drie hebben. Toch belet dat volgens hem die volken niet om zingend en dansend veel rekenkundige operaties te verrichten.

Sinds mijn inwijding bij de Abbesses is er een toon gezet. Ik hoef tegenwoordig maar een flinke trap te zien of er begint al iets in mij te zingen. Als je goed naar je voeten luistert, heeft elke trap zijn eigen muziek. Op de trappen van het Louvre hoor ik Sully – royale stap – ondanks het gedrang der bezoekers. Het Collège de France trapt waardiger, alsof ook de geest zich bij het stijgen verheft: Monteverdi klonk bij mijn eerste bezoek sterk door. De trap van rue de l'École de Médecine naar rue Monsieur-le-Prince neem ik zo jeugdig mogelijk omdat ik daar als student, een jaar na '68, in een rel met veel bloed belandde: revolutionaire liederen klinken er op. (Wij-gaan-door-met-de-strijd!) Maar de keer dat ik niet ver vandaar de trap van het tot museum ingerichte werkvertrek van Auguste Comte beklom, werden mijn voeten tot bedachtzaamheid gedwongen: Bizet! Niet alleen schuilt er in elke trap een eigen melodie en ritme, een trap met een beetje karakter vraagt ook om een andere stap, passend bij zijn persoonlijkheid. Ja, elke trap verdient zijn eigen stil spel.

Julien Green vergeleek de trappen van de Parijse *hôtels particuliers* eens met een toespraak waarin de spreker veel pauzes neemt. Hij moet ze als kind vaak hebben betreden, je hoort in zijn proza de klank van statige gebouwen. Het huis waar ik nu huur was ooit zo'n oud hôtel (markies de Sade speelde er in de kelders), maar de negentiende eeuw heeft onze trap (en gevel) de mond gesnoerd, het adellijk verleden zit alleen nog in de fundamenten. Sinds 1830 heeft hij smalle houten treden, de overloop geeft nauwelijks rust, aan de reling lijkt geen eind te komen. Mijn trap is geen toespraak maar een kwebbel.

De enige die er pauzes neemt, is de schoonmaker die het eikenhout wekelijks met bijenwas insmeert. Dankzij hem kunnen wij bewoners in een geur van honing naar onze appartementen glijden. Zelden kruisen we elkaar. Men opent geen deur als een ander stijgt of daalt. Hoe vaak hoor ik niet iemand in zijn vestibule staan wachten, klaar om naar buiten te gaan, sleutels in de hand. We mijden elkaar omdat onze trap niet op conversatie is gebouwd.

Dankzij de huiver van mijn buren hebben mijn voeten onbespied naar het juiste ritme kunnen zoeken. En dat was niet eenvoudig: er wou maar geen muziek opklinken. De treden kraken te hard, ze verjagen elke melodie. Mijn trap kermt als een oud martelwerktuig! Er rest mij niets anders dan me uit te leven in het stille spel: al klimmend en draaiend ben ik een slaaf van de markies de Sade, genietend van de zachte pijn soms vreselijk alleen te zijn.

PS Al veertien kilo afgevallen.

E de la TOUR
POUR
PARIS
FRANCE
1895

HOOG BEZOEK

Het was in de nadagen van de Poolse paus. Voor het slapen had ik hem op het late journaal gezien, een kwijlende oude man, hangend aan zijn staf, niet in staat om zonder hulp de mis te lezen; opstandig leek hij, maar taai van geest, niet van plan aan zijn kwijnend lichaam toe te geven. Hij sprak een groep jongeren toe, uit de ondertiteling bleek dat hij van plan was een nieuwe reis te aanvaarden – een aardse, geen hemelse.

De kerkklokken sloegen twaalf uur. Eerst het lichte carillon van een der vele kloosters in de buurt, daarna het zware gebeier van de Saint-Sulpice – een trilling die ik tot onder mijn lakens voelde. Mijn slaapkamer keek uit op de twee torens van de Saint-Sulpice, hun silhouet was mij zo vertrouwd dat ik ze vaak als twee donkere vrienden toesprak. Bij het angelus moedigden hun klokken me aan, maar ik kon ook op ze schelden als ze zich bij een begrafenis of huwelijk te buiten gingen. Ze hadden de stopverf in de sponningen losgetrild en er waren al een paar stukken patisserie uit het rijke stucwerk van het slaapkamerplafond naar beneden gekomen, een pruim en de vleugel van een cherubijn. Ik had er mijn hospita over aangesproken, maar zij zag in de scheuren een zegen: al eeuwen sloegen de klokken van de Saint-Sulpice tegen haar huis. De geluidstrillingen verjoegen kakkerlak en boktor, zei ze, als de Saint-Sulpice zou zwijgen liep haar huis pas echt gevaar. Ook die nacht fluisterde ik een welterusten tot mijn torens – een groet waar ik altijd prima op insliep...

Het was nog donker toen de telefoon ging. In mijn slaapkamer, waar geen telefoon staat. Ik nam op.

Een stem met een vreemd accent vroeg of het bezoek deze morgen al schikte.

'Bezoek? Welk bezoek?'

'De hoge delegatie uit Vaticaanstad,' zei de stem.

'Verkeerd nummer,' zei ik en verbrak het contact.

Maar de stem belde terug, vroeg of het adres klopte en het uitzicht: 'De torens... u woont toch achter de Saint-Sulpice?'

'Hoezo? Waarom wilt u dat weten?'

Geen uitleg. Geen antwoord. Gekraak. Alleen nog de vraag of de code van de buitendeur inderdaad *vingt-huit* A *cinquant-quatre* was – 28A54.

Ik trok het laken over mijn hoofd, liet een wind en draaide me om – als een log beest in een circustent.

Ik sliep weer in. Opnieuw ging een bel, de deur dit keer, aarzelend eerst, en daarna luider... Een schrale zon kierde door de luiken, het beloofde een wolkeloze dag te worden, maar ik liet het licht niet tot me doordringen en kneep mijn ogen stijf dicht. Ik had lang geslapen, te lang voor mijn doen, zeker negen, tien uur, dwars door de kerkklokken heen. Dat was mij nog niet eerder overkomen. Misschien was het de wijn die ik gisteravond in mijn eentje had gedronken – een veel te zware bordeaux. Ik hoorde stemmen, een bons. Ik stond op, schoot mijn kamerjas aan en slofte naar de deur.

Het duurde even voor het tafereel op de mat tot me doordrong: twee vlezige ronde gezichten, een en al glimlach boven witte ronde boorden. Verklede mannen. Met purperen vierkantige mutsen op hun hoofd, in karmozijnen mantels, afgezet met glanzende koorden, daaronder rode soutanes, lila hemden, gouden kettingen, forse kruisen. En alles deinde. De een maakte een kleine buiging, de ander een knieval en zei plechtig: 'Wat een eer.'

'Eer?' Dit moest een misverstand zijn.

Maar de heren noemden mij bij de naam, ze hadden belangrijke zaken te bespreken en een zware reis achter de rug. Een beringde hand zocht mijn arm. Ik moest ze wel binnenlaten, stom en gedwee loodste ik ze door de smalle gang naar mijn werkkamer. Hun mantels schuurden tegen de muren. Ik excuseerde me voor mijn kleine appartement, voor mijn ochtendjas, mijn ongekamde haren.

Er stonden twee lege wijnflessen op tafel, ik wist niet hoe snel ik ze moest verstoppen. En de bank – wat een rommel! De heren wachtten niet op een teken te gaan zitten, ze schoven een stapeltje kranten opzij en lieten zich in de kussens ploffen – buiten adem. Ze vroegen om water. Ik haastte me naar de keuken. Ze dronken gretig. Na twee glazen en een boertje kwam het kruis op hun magen tot rust.

'Heren, u bent welkom natuurlijk, maar wat brengt u hier?'

'De paus heeft ons gezonden,' zei de imposantste van de twee. Hij had het eerst zijn adem terug, en met de adem kwamen de verontschuldigingen: Vaticaanstad was een trage machine, boodschappen hadden elkaar gekruist, vandaar hun onverwachte komst, het vroege uur, maar het ging om dringende... Er sloeg een klok door zijn woorden – de Saint-Sulpice. Twee mutsen doken ineen, de ruiten rilden. 'En daar slaapt u doorheen?' vroeg de kleinste van de twee droogjes.

Ik wist me geen houding te geven, wat werd er van mij verwacht? Ik stond daar maar stom te lachen... een kardinaal, hoe sprak je zo'n man aan? Monseigneur? Ik moest het spel goed meespelen, ze behandelden míj ook met alle egards. Hun namen waren me in het gebeier ontgaan. Wat had die grote gezegd? Servandoni? Ik durfde het niet nog eens te vragen. En toen de ander zich had voorgesteld – de kleine – speelde het carillon van het klooster er net doorheen. Gek werd ik van die klokken. Gittard... Was het Gittard? Hoe dan ook: de heren complimenteerden mij met mijn appartement, ze lieten hun ogen dwalen en ratelden aan één stuk door... Het stucwerk, het fraai parket, waar vond je zoiets nog... 'U heeft een fijne neus,' zei... Servandoni? Ja, het was Servandoni.

En die kleine – Gittard dan maar – prees mijn goede smaak: de stenen tempelaap, de Afrikaanse beelden, de schilderijen op glas, de snuisterijen uit India, China, de Arabische landen, de maskers uit Mexico. 'U bent een bereisd man,' zei hij, 'maar dat was ons al ter ore gekomen.'

'Wat weten jullie over mij?' reageerde ik gebeten. 'Alles komt van de vlooienmarkt.'

Gittard schikte zijn mantel, beduusd van zoveel achterdocht. Hij zat niet gemakkelijk, de kleine kardinaal, iets plaagde hem, hij sjorde aan zijn soutane, wiebelde, draaide, graaide, en trok een knoedel vuile sokken onder zijn bil vandaan. Er viel een pijnlijke stilte.

Het weer schoot te hulp. De zon kaatste op de witte torens van de Saint-Sulpice en danste de kamer binnen. Daar gingen de heren eens goed voor zitten. Wat een onverwachte weidsheid zo midden in Parijs. Hoe fraai die schittering op de grijze leien. En ze prezen het lijnenspel van de daken en kapellen, de strenge zeventiende-eeuwse bouw, de galmgaten van de torens, de timpanen, de kantelen, de rondingen aan de top. Ik hoorde het welwillend aan en trok een stoel bij om hun naar de schoorstenen te wijzen: 'Soms tel ik er wel honderd, er zijn er met bekken en snuiten.' Ik wees naar alles wat uitstak. 'Ik praat met dat uitzicht,' zei ik.

Servandoni greep me bij de pols: 'Dat is de kracht van de Kerk!'

'Nee, de kracht van het licht. Kijk, eminenties' – ja, verdomd, zo noemde je die kerels, eminenties – 'ziet u de rijp op het zink schitteren? IJsvlammetjes, alsof de duvel ermee speelt.' Ik liep voor hen langs, maar in het voorbijgaan tikten de panden van mijn kamerjas tegen hun mutsen. Mijn ceintuur schoot los. De eminenties keken gegeneerd naar de grond.

Ik rende naar de badkamer om me behoorlijk aan te kleden.

'Het is een grap,' zei ik tegen mezelf in de badkamerspiegel. 'Trap er niet in. Dit is een practical joke. *Candid camera.* Speel je rol.' Ik waste de slaap uit mijn ogen, schoot een hemd en broek aan en stapte verfrist de kamer binnen.

De heren stonden breed voor het raam, hun vingers namen de maat van de torens – als bouwmeesters. 'Ze zijn ongelijk,' zei ik achter hun rug. 'De rechtertoren is hoger dan de linker.'

'Een van de zegeningen van de Franse Revolutie,' zei Gittard zonder om te kijken, 'de bouw heeft meer dan een eeuw stilgelegen. Het is een godswonder dat hij er nog staat.' Hij wees naar de rechtertoren. 'Ziet u die gaten?'

'Komt van de steigers, dat ding is eeuwig in restauratie.'

'Ding?' Gittard draaide zich verontwaardigd om: 'Ding? Het Huis Van God Is Geen Ding.' (Hij spuwde hoofdletters.) En toen milder, verrast als hij was dat er een keurig gekleed man voor hem stond: 'Het zijn trouwens kogelgaten! Een herinnering aan de Frans-Duitse oorlog, de Pruisen aasden op de klokken en hebben de torens beschoten. Ach, er is zoveel om die kerk gestreden.'

Hij weet er verdomme veel meer van dan ik, dacht ik. 'Die kerk is doodziek, ja. Zeven architecten hebben eraan gedokterd, eeuwenlang, en hij is er niet beter op geworden.' Stellig klonk het, te stellig in de oren van Servandoni. In het licht voor het raam zag ik ineens dat zijn rechteroog pijnlijk was opgezwollen, het traande – hij schudde bezorgd van nee. 'De Saint-Sulpice weent om zijn geschiedenis.'

'Maar het is toch heus damp die van de muren slaat,' zei ik. 'De ankers roesten, de schilderijen schimmelen, de pilaren verkruimelen. En er is geen geld voor restauratie, hij dondert langzaam in mekaar.'

De kardinalen gingen er verslagen bij zitten. 'Maar u komt er toch graag?' vroeg Servandoni.

Ik schudde van nee. 'Het stinkt me daar te erg.'

'U wordt er anders veel gezien. Soms wel twee keer op een dag.' Gittard zwaaide met zijn vinger, als een frik die een leerling op een leugen betrapt.

'Voor het orgel,' bekende ik. 'De studenten van het conservatorium oefenen erop en daar zitten een paar hele goeie bij. Het schijnt een van de mooiste orgels van de stad te zijn, vijf klavieren, vierenzestig registers. Albert Schweitzer heeft er als jongeman Bach gespeeld. De Saint-Sulpice dweept met Bach, de lutherse Bach.' Ik moest er zelf om lachen – ik kende de toeristenbrochure.

'De kerk is daar ruim in,' zei Servandoni.

'En wat maakt Bach in u los?' vroeg Gittard.

'Tranen en snot.'

Gittard zocht houvast bij zijn gouden ketting. Hij kneep in het kruis. 'Komt u echt alleen maar voor het orgel?' Het klonk oprecht teleurgesteld.

'En voor het licht. Is het u opgevallen dat de ramen niet gebrandschilderd zijn? Geen stripverhalen in mozaïek, maar strakke ernst, een eredienst voor het licht. Ik ben een zonaanbidder.'

De kardinalen deden hun best zo begripvol mogelijk te kijken, ze schoven naar voren, keken me smekend aan, hengelend naar een greintje vroomheid. Maar ik deed een stap achteruit. 'Alleen jammer van die schilderijen daar binnen, die zijn natuurlijk kut.'

Het purper rilde.

'Een iets bedachtzamer woordkeuze zou u beter passen,' zei Servandoni afgemeten. 'Ook de paus heeft ons daarop gewezen.'

'De paus? Wat weet die ouwe vent van mij?'

Servandoni schoot rechtop. 'De Hei-li-ge Va-der.' Hij nam een kleine pauze om zijn kwetsuur weg te slikken. 'De Heilige Vader heeft uw naam genoemd.'

'Maar ik heb hem nog nooit ontmoet.'

'Hij u wel... In een visioen!' Servandoni bleef onverstoorbaar: 'De Heilige Vader heeft u in een visioen doorgekregen. God wenst u beiden tot elkaar te brengen.'

'U verdoet uw tijd, heren.'

Servandoni ging verzitten en haalde een leren etui uit de plooien van zijn soutane tevoorschijn – paars leer met goudbies afgezet, heel smaakvol. Hij vouwde het open en bladerde door een pak aangenaam krakende papieren. 'We hebben inderdaad haast,' zei hij afwezig zoekend. 'Er valt nog veel te doen.' Hij hield een brief op en wees op het pauselijk wapen aan de kop. 'Dit is een persoonlijk schrijven waarin de Heilige Vader zijn keuze bekrachtigt.'

'Keuze?'

'Dat u zijn kardinaal in pectore zult zijn.'

'Ik, ik?... Wat is dat?'

'De kardinaal die de paus voor zijn dood in het geheim benoemt,' zei Servandoni. Hij grinnikte om mijn verwarring, genoot ervan mij de les te lezen. Pectore: *in het hart*. De kardinaal wiens naam in het hart van de paus verborgen blijft.

'Pectore?'

Ja, hoe zat het met mijn Latijn? Dat moesten we opfrissen.

Ik struikelde over mijn vragen. Gittard probeerde me gerust te stellen. 'De kardinaal in pectore is bij uitstek iemand die het geloof in een vijandige omgeving heeft hooggehouden, vaak met gevaar voor eigen leven. Vandaar dat zijn naam geheim moet blijven. Vroeger was het iemand uit een land waar het geloof niet beleden mocht worden, maar die landen zijn er nauwelijks nog. Nu hebben we andere voorbeelden nodig: iemand die de wereld kent, die door het vuil is aangeraakt en toch hunkert naar zuiverheid – een bruggenbouwer. Dit keer viel de keus op u.'

'Gods wegen zijn ondoorgrondelijk,' zei Servandoni.

Ik voelde de warme adem van zijn zucht.

'Maar dat is onmogelijk, ik ben niet eens katholiek.'

'Dat is een formaliteit,' zei Servandoni. Er stond een team van leraren voor me klaar. Ik zou in *no time* – ja, 'no time' zei hij, heel daadkrachtig en modern klonk het, ik zou in no time worden *gebrieft*. Kerkgeschiedenis, Bijbelkennis, liturgische vaardigheden, *you name it*. Alles was in gereedheid gebracht. Er lag een strak programma voor me klaar. 'U krijgt de beste repetitoren. Vanmiddag kunt u beginnen.'

'Vanmiddag? ... Maar ik geloof niet in God.' Ik zei het ferm maar vriendelijk. (Al waren het vast en zeker ingehuurde acteurs, hun ouderdom dwong toch respect af.) 'Ik vrees dat u de verkeerde voor zich heeft. Hier schuin tegenover is een klooster. Misschien moet u daar...'

Servandoni maakte een afwerend gebaar. 'De Heilige Vader vergist zich niet, hij kreeg dit adres door, uw naam, uw telefoonnummer, úw doopceel...'

'Maar ik ben helemaal niet gedoopt.'

'Vanmiddag,' zalfde Gittard.

Ik sprong overeind: 'Over mijn lijk!'

De kardinalen deinsden terug in de bank.

Ik zocht wat oude kranten bij elkaar, schoof met de voet een Perzisch kleedje recht. Opruimen helpt bij drift.

Ze speelden het goed, die ouwe heren.

'U gelooft dat u niet gelooft,' zei Servandoni.

'Ik weet het zeker.'

'Dan bent u een gelovig man.'

Tegen zulke logica kon ik niet op. Ik verliet boos de kamer.

'U kunt er niet voor weglopen,' riep Servandoni mij na.

Ik stak mijn hoofd om de deur. 'Uw god is een wrede sadist.' Ik spuwde een paar sappige vloeken de kamer in en stampvoette luid op de gang. 'Ik geloof niet in de hel, niet in de hemel, niet in de heilige drie-eenheid, niet in de onbevlekte ontvangenis en de paus vind ik een griezel.'

'Hier waren we voor gewaarschuwd,' hoorde ik Servandoni zeggen.

'De geest van de blasfemie,' fluisterde Gittard, 'dat hoort bij zijn tweestrijd. Laat hem maar tieren, hij braakt het kwaad vanzelf uit.'

Ik voelde me belaagd, het zweet stond me in de handen. Ik

raasde nog wat over condooms, aids, de pil, abortus, euthanasie... Achter de deur... opdat de kardinalen het goed konden horen – laf en kinderachtig – vond ik zelf ook, maar het luchtte wel op. Ik sloeg zelfs een kruisje – uit spot – om mij te wapenen voor ik weer de kamer binnenstapte. De mop had lang genoeg geduurd. 'Eminenties...' Ik vond het woord weer, met hoofdletter en al, 'eminenties, ik weet dat uw Heilige Vader onfeilbaar is, toch vrees ik dat hij de verkeerde heeft doorgekregen. Vergeef me, maar ik heb het erg druk...'

'Met flaneren?' kapte Servandoni me af. 'Maar in al uw ledigheid zoekt u ook vervulling. We weten dat u vrijwel alle kerken in de stad bent binnengegaan, en niet alleen uit bewondering voor geschiedenis en architectuur. Men heeft u kaarsen voor Maria zien opsteken, u aarzelend voor het biechthok aangetroffen. Maar o wee als iemand u daarop aanspreekt, dan vlucht u in cynisme: uw harnas tegen de buitenwereld. Maar dat spel hoeft u voor ons niet te spelen. Wij zijn veilig onder elkaar.' Hun konten wrikten zich vast op de bank.

Ik had er even niet van terug.

'Het wordt tijd om voor uw geloof uit te komen,' zalfde Gittard. Ze begrepen mijn twijfel.

'Ik twijfel helemaal niet!' De klokken van de Saint-Sulpice donderden tegen de ruiten. Elf slagen, maar dit keer gaven ze de stemmen van de kardinalen kracht. Hun woorden hamerden in mijn hoofd. 'Geef u over. Maak u klein om te groeien: u bent uitverkoren!' De kloosterklokken herhaalden het zacht: *uit-ver-ko-ren, uit-ver-ko-ren.*

Ik rilde.

Ik was bang, zeiden ze, en dat was begrijpelijk. Er was moed voor nodig. Maar ik mocht dit verzoek niet weigeren. Ik kon een wegbereider worden, cynici wijzen op een ander perspectief dan materialisme en consumentisme. Ik sprak de taal van de cynici, kende hun media en zou duizenden over de streep kunnen trekken. Miljoenen! 'Mensen hebben behoefte aan een vormend ideaal, aan iets dat groter is dan zijzelf. Godsdienst vervult die rol,' zei Servandoni. 'Geef toe aan dat verlangen.' Hij legde zijn hand op mijn knie.

'Primitieve verlangens,' brieste ik. 'God is een verzinsel. Je kunt elke achterlijkheid tot godsdienst verheffen: vadermoord, eerwraak, veelwijverij, ja, zelfs incest is in bepaalde culturen een deugd. Sommige volken zagen vroeger kannibalistische rituelen als een ethische en religieuze plicht. De restanten zien we nog in jullie Kerk. Het drinken van wijn die voor bloed staat en het eten van brood, het lichaam van Christus. U weet wat de grote encyclopedist Diderot over uw geloof heeft geschreven: *Katholicisme* – zie onder *Kannibalisme*.'

De heren doken in elkaar: ik deed ze pijn en of ze het nu speelden of niet, het beviel me.

Ik zei het, ja, en toch... Ik dacht onderwijl ook iets anders, een stille tweede stem in mij zei: 'Zou het na eeuwen van moord en doodslag niet mooi zijn als we aan een hogere wet konden gehoorzamen? Een wet, een opgelegde moraal, boven landswetten verheven, waar de meerderheid geen laatste woord over heeft omdat hij fundamenteel is voor de toekomst van onze beschaving. Een wet met één simpele boodschap: mensen dienen elkaar in hun waarde te laten. Het stadium van volkerenmoord, martelen, slavernij en discriminatie zou achter ons moeten liggen. Het is een ideaal natuurlijk, ontsproten aan de menselijke geest. Noem het irrationeel. Heilig voor mijn part.'

'Hoe mooi zou het niet zijn als de mens zichzelf kon verbeteren,' zei ik hardop. 'Als we de evolutie naar onze hand konden zetten. We zouden ons moeten herscheppen, onze haat in liefde omsmeden – als God – en ik geloof ook dat het kan.'

'We hebben inderdaad behoefte aan liefde,' zei Gittard zacht.

'Liefde,' zei ik, 'ik smacht ernaar. Maar liefde is bij u lijden. Lijden en pijn, daarin zwelgt de Kerk. En verraad. Jezus had een verrader nodig om zelf heilig te worden. Als Jezus een beetje moed had gehad, zou hij zichzelf aan de Romeinen hebben overgeleverd, maar hij had een Judas nodig, een verrader, een slecht mens, zodat hij nog heiliger kon worden. Ik houd niet van dat gehang aan het kruis, de aanbidding van het lijden. Jullie dragen een martelwerktuig om je nek. Knielen voor wonden. Waarom zijn jullie zo gek op pijn? Op tranen en op bloed? Wat een wansmaak. Aanbid het leven, niet het eeuwige, dat is me te makkelijk. Zet je ervoor in dat alle arme sloebers een behoorlijk leven *op aarde* hebben, voor zo'n Kerk ben ik te porren, maar scheep ons niet af met een hemel om de hel op aarde draaglijk te maken.' Ik wond me op, ik hoorde mezelf praten, ik zag mezelf, buiten mijzelf en ik dwaalde weg op mijn woorden. 'Weet die ouwe dat ik er eens flink de bezem door zal halen?'

'Goed zo,' zei Servandoni, 'u groeit al in uw rol.'

De zon kroop de kamer binnen, ik had behoefte aan frisse lucht en opende een raam. In de stiltes tussen de voorbijkomende auto's hoorden we de Viscontifontein tegenover de Saint-Sulpice de kamer in klateren. Koel klonk het, maar de wind was warm voor de tijd van het jaar. Servandoni liet z'n papieren op schoot rusten. De heren zagen er ineens moe uit, het vroege opstaan had zijn tol gevraagd. 'Die arme man heeft geen idee wat hij met mij in huis haalt,' zei ik. 'Ik neuk erop los.'

Ze lachten schamper. 'U bluft,' zei Gittard, 'u bent deugdzamer dan u denkt.'

'Uit wanhoop, ja. Maar vroeger. Zeventien keer een druiper.'

'Vroeger is voorbij,' viel Servandoni uit. 'Wij kennen uw leven, uw verleden… wij hebben alles gelezen.' Hij tikte op zijn etui. 'Er wacht u alleen nog maar toekomst, een verheven, schuldloze toekomst.'

'Maar ik ben tegen het celibaat. Vóór abortus en voorbehoedmiddelen, tegen een Kerk die half Afrika aan aids laat sterven.'

Ze reageerden niet, ze zaten gewoon in het zonnetje te soezen. 'U zit er net zo wakker bij als uw versteende collega's bij de Viscontifontein,' zei ik.

'Dat zijn geen kardinalen,' zei Gittard gaperig, 'maar bisschoppen, zij zijn nooit met het purper omhangen… zoals u.'

'De kleur van de heersers.'

'Verf verkregen uit vermalen huisjesslak,' zei Servandoni. 'De Kerk tooit zich eenvoudiger dan u denkt.' Hij stootte Gittard aan en hees hem op uit de bank. 'Wees nederig, wees als een slak: aanvaard uw last en trek een glanzend spoor!' Ze spreidden hun armen breed uit en zegenden me.

Ik wou lachen, maar er kwam geen geluid. Ik wou een vuist maken, maar mijn spieren verslapten, ik wou vloeken, maar zei mierzoete dingen.

'Welkom in ons midden,' zei Gittard plechtig. 'Straks kiezen wij u tot onze nieuwe paus.'

De kardinalen kustten mijn hand. Hun speeksel glom op mijn knokkels.

En ik liet het toe.

EEN DROOM LATER...

Mijn kleren lagen klaar op bed: het ondergoed, de lange sokken, het hemd, de mantel met drieëndertig knopen (zoveel knopen als Christus' jaren), de cape, de stola, de kleine muts. Zij aan zij, wit naast wit – een keten gesloten door varianten rood. Ik woog de bundel in mijn hand: vier lagen moest ik aan, en dat voor een leven binnenskamers. Witwollen ondergoed! Mijn vingers betastten de geborduurde initialen in de kraag van hemd en mantel – ronde witte rupsen fluisterden de uitverkozen naam. Aan dit pak kleren kon ik niet ontsnappen. Ik hield het lange hemd tegen het licht en meende mijn gezicht in de glans weerspiegeld te zien, als in een lijkwade waarin de afdruk van een dode was blijven hangen. Met deze kleren nam ik ook afscheid van het leven, zo voelde het, mijn manlijkheid werd afgelegd.

Ik mocht me alleen aankleden. Men gunde mij mijn schaamte, deze eerste dag... Zacht gleed de stof over mijn haar en schouders, ik genoot van het geruis in mijn oren, de aai van zijde over mijn rug. Het hemd paste precies. Ik zwierde even als een derwisj in mijn lange hemd. Een onzichtbare hand had mijn schoenen voor de spiegel gezet, rode muilen van zacht leer, frivool voor het oog, maar eenmaal aan mijn voeten doodernstig. Ze zaten als gegoten – wie wist mijn maat? Had iemand mij met de centimeter in mijn slaap beslopen? De zolen waren van onder met schuurpapier bekrast. Hoe zorgzaam! Zo vond ik beter houvast op de kleden en het marmer. De mantel leek zwaar, maar viel wonderlijk licht, de knopen vlochten zich soepel in de stof, de mouwen waren niet te lang, de lengte net boven de schoenen. Ik ging voor de spiegel staan, schoof de kalot op mijn kruin en kon een kleine glimlach niet onderdrukken. Daarna gespte ik de karmozijnen cape vast, liep een stukje, trok de voering recht en voelde het zachte klappen van mantel en hemd tegen mijn kuiten. Ik oefende een nieuwe pas – plechtiger.

Er werd op de deur geklopt. Het cortège wachtte op de gang. Zou ik ooit nog alléén over een gang kunnen gaan? Me onttrekken aan het oog van camera's, bewakers, mannen in uniform? En dan de mensen die buiten op mij wachtten, ik hoorde ze rumoeren, klappen. Ook aan hun ogen zou ik me nooit meer kunnen onttrekken.

Nog één kledingstuk en dan was ik klaar: de stola. Het borduursel lag zwaar op mijn hart. En dan de ring, schitterend in een blauw doosje van *Vangelder Joaillier de création*, Place Saint-Sulpice, dat trof mij, en de massief gouden ketting – van Italiaansen huize. Hemelse tekens waarvan het gewicht mij enigszins bedrukte. Het zegel gleed om mijn ringvinger, hoe kon het, met zulke boerenhanden? Ik ging weer voor de spiegel staan. Bekeek mezelf met verbazing. Er werd weer op de deur geklopt – ongeduldig ditmaal. Ik hoorde mijn naam, mijn nieuwe naam, in een rol zo oud.

KABILA DE
SAM. 12 MARS 2011 de 13H
MARCHE CONTRE LES VIOLATIONS DES DROI
EN RÉPUBLIQUE DÉMOCRATIQUE D
TRAJET : CHÂTEAU ROUGE - RÉPUBLIQUE
NON AUX ARRESTATIONS ARBITRAIRES
NON AU TRIPATOUILLAGE CONSTITUTIONNEL
AUX MASSACRES D' ÉTUDIANTS
FAITES A LA FEMME CONGOLAISE
UNION DU CONGO, UDPS, RDPC, DEBOUT CONGOLAIS,
AVENIR DU CONGO-DEVOIR DE MÉMOIRE, USC , BUNDU DIA KONGO,
APARECO, RPLC, ARP, BATAILLON MBUNZA MABE, RPCF, ABAKO...
CONTACTS : 06 64 11 41 86// 06 12 06 68 72//06 98 76 12 70
RDC.DEVOIRDEMÉMOIRE@GMAIL.COM//UNIONDUCONGO@GMAIL.COM

RELLENDAGBOEK

VRIJDAG 4 NOVEMBER 2005

'S Nachts om halfeen met de laatste metro uit Belleville. Vier politiemannen met hond betreden onze coupé. Strak in de broek, handboeien, knuppel, revolver, zaktelefoon, brede riem, scheef petje, gespierd. Twee wit, twee bruin. Identiteitscontrole. Ik kan geen document laten zien. Speel de domme buitenlander, zoals altijd. Beloof beterschap. Een zwarte jongeman twee banken verderop heeft ook geen papieren bij zich. 'Mee naar het bureau.'

'Maar ik ben Frans,' zegt de jongen, 'net zo Frans als u.'

'Zonder papieren ben je niet Frans,' blaft een bruine agent hem toe. Zwart staart naar bruin. Haat vlamt van oog naar oog. 'Ken je de Marseillaise?' vraagt een blanke agent.

'Ja.'

'Zing.'

Geloei in de coupé. Maar de jongen zingt. Hij kent de melodie. Hij kent de woorden. Twee coupletten – het eerste én het zesde. Applaus. De jongen krijgt een schouderklop en mag zijn rit voortzetten. Hij is Frans. Deze nacht hoort hij erbij.

In Nederland zou ik zakken.

Wat eraan voorafging: drie teenagers worden geëlektrocuteerd in een transformatorhuisje in Clichy-sous-Bois. Zyed Benna en Bouna Traoré verliezen ter plaatse het leven. Muhittin Altun is ernstig verbrand. Na een partijtje voetbal, opgejaagd door de politie, zeggen buurtbewoners. De politie ontkent. De stoppen in Clichy-sous-Bois slaan door. Branden en protesten. De politie treedt hard op. 'Racaille,' zegt minister Sarkozy van Binnenlandse Zaken. Tuig. 'Wij willen Respect,' scanderen jongens in trainingspakken.

Krantenberichten. Er is een traangasgranaat in een moskee gegooid – tijdens het gebed. Geen dader te vinden, maar de granaat is van hetzelfde type als de politie gebruikt. De eerste tien maanden van het jaar waren in de buitenwijken al 28 000 auto's in de as gelegd (een gemiddelde van negentig per dag), nu moeten ook bussen het ontgelden. Op 2 november is een invalide vrouwelijke passagier met benzine overgoten en in de fik gestoken. Twee agenten werden zwaargewond afgevoerd.

TWEE DAGEN LATER

Montparnasse. Ik drink koffie naast een lawaaiig groepje vrouwen en kijk verstoord op. Een van de vrouwen excuseert zich: 'Ja meneer, zo zijn onze manieren in Clichy-sous-Bois, wij praten luid, te luid en soms zijn we wat te grof gebekt. Je vergeet het omdat we altijd onder elkaar zijn, maar als we in Parijs koffie op een terras drinken zie je ze kijken, die Parijse nuffen. Kop dicht, zie je ze denken. We moeten zachter leren praten. De obers negeren ons. Alsof we zonder de rekening te betalen zullen weglopen. Ze negeren ons. We zijn vuil.'

Haar vriendin valt haar bij: ‘De politie zit ons altijd op de hielen, zelfs een kinderpartijtje vinden ze verdacht. Toen ik op een zaterdagmiddag langs een paar moeders reed om de kinderen op te halen, hielden ze me vijf keer aan. Papieren. Wat ik deed, waar ik heen ging, wat ik met die kinderen van plan was. Dan kan ik wel krijsen. Ik heb voor het raam naar de rellen staan kijken. Ik wilde zo graag naar buiten en meevechten. Maar ik heb twee kleuters. Ze zijn bang voor de schaduwen van de vlammen die ’s avonds langs de muren van hun kamertje kruipen. Maar in mijn geest vecht ik mee op straat.’

Ik knik bezorgd mee. De een na de ander komt met een verhaal. De oudste wijst naar de jongste: ‘Zij is verpleegster, is hier geboren, maar haar ouders komen uit Algerije. Ze woont nog steeds bij haar moeder, heeft wel een urgentieverklaring, maar omdat ze niet durft te kraken en geen al te grote mond heeft aan het loket, wacht ze nu al zes jaar op een appartement voor haar en haar kind. De vader woont apart bij zijn ouders.’

De vriendinnen wonen niet ver van de jongens die in het transformatorhuisje zijn verbrand. Ze zijn daar trots op. Hun buurt kwam op het journaal. De verpleegster stelt zich voor als Cécile, maar haar vrienden noemen haar Khaltoum. Thuis woont ze met dertien familieleden op een flat van achtenzeventig vierkante meter: ‘Mijn kind zit in een klas waar de helft niet eens Frans praat. Ze leren niets, alleen het alfabet. In de stad krijgen de kinderen op de lagere school al Engels, maar voor ons soort hoeft dat niet.’

MAANDAG 7 NOVEMBER

Al tien dagen branden in de voorsteden, negen kilometer van het Élysée. Vraag ik buren en winkeliers wat er in hun stad gebeurt, dan hoor ik: 'Ç'est pas Paris ça.' De auto's die daar branden hebben inderdaad een ander nummerbord: 93. In 75 – Parijs – is alles rustig. Hoewel, gisteravond brandden ook auto's in het tiende, derde, zeventiende en zevende arrondissement. Vijfentwintig auto's en zeven bromfietsen van de Pizza Hut. Een molotovcocktail die tweeëntwintig pizzakoeriers werkloos maakte. Ik betrap me erop dat ik het ook hier wil zien branden. Een paar SUV's in Saint-Germain, een rooksignaal dat zegt: dit gaat ook jullie aan.

De nachtbussen naar de onrustige buitenwijken rijden niet meer. Te gevaarlijk, er zijn al te veel bussen in de fik gestoken, met en zonder passagiers. De RER rijdt minder frequent, of slaat hitsige stations over. Zo blijft het probleem buiten de Périphérique.

Maar de spanning valt niet in te dammen, als ik de schoffies bij Les Halles voorbijloop, of de rondhangers bij het *tapis roulant* van Montparnasse, of de schuimers bij Châtelet – in groepjes, nooit alleen –, voel ik hun misprijzen. Hun haat. Oude dames versnellen hun pas. Kantoormannen kijken naar de grond. Een verkeerde oogopslag en je hebt ruzie. En toch kan ik mijn ogen niet van die jongens afhouden. Zo jong nog, twaalf, veertien jaar en zo broederlijk onder elkaar.

Wedstrijden op internet. Hoeveel auto's branden er bij jullie? Men jut elkaar op. Je kan als stad of wijk niet achterblijven. Nu fikt het in driehonderd steden – Dijon, Rouen, Pau, Toulouse, Brest, Rennes, Le Havre, Strasbourg. In heel het land 1295 auto's in de nacht van zaterdag op zondag 6 november. Ook Normandië laat van zich horen: Évreux, honderd kilometer ten westen van Parijs. Vijftig auto's, een winkelcentrum, politiebureau, banken, supermarkt, twee scholen in de as. De burgemeester, tevens voorzitter van de Assemblée Nationale, kwam de zaak in ogenschouw nemen. 'Honderd mensen hebben hier alles kapotgemaakt en vernietigd. Wel, zij maken geen deel uit van ons universum.'

Honderd kilometer is verder dan je denkt. Tegen zessen zie ik een rode gloed aan de einder. Het is niet de zon.

DINSDAG 8 NOVEMBER

Voor het slapen een lange wandeling gemaakt. De stad was verdacht stil. Zelfs bij Les Halles en Château d'Eau, waar doorgaans veel jonge migranten tot diep in de nacht vermaak zoeken, was het uitgestorven. Ik had frisse lucht nodig na het late journaal, waarin anchorman Patrick Poivre d'Arvor (door kijkers PPDA genoemd) premier Dominique de Villepin interviewde over de onrust in de buitenwijken. De Villepin betoogde, decreteerde en de nieuwsknecht hoorde het met hondenogen aan. Telkens als PPDA iets tegenwierp, noemde De Villepin hem bij zijn lange naam. Wel zes keer. 'Ook u begrijpt, Patrick Poivre d'Arvor...' 'Wij beseffen, cher Patrick Poivre d'Arvor...' Als een schoolmeester.

Orde, orde. Was de boodschap. En een *couvre-feu* waar nodig – een avondklok. Nooit gedacht dat ik dat woord nog eens in Parijs zou opsteken. President Chirac kondigde de noodtoestand af – *état d'urgence*, maar dat woord kende ik al.

De nieuwslezer op France 2 becommentarieerde de beelden die het buitenland over de rellen had uitgezonden. Overdreven, en vol fouten natuurlijk. FoxNews verscheen met een gloeiende banier in beeld: *France in Flames*. CNN haalde Montpellier en Cannes op de kaart door elkaar. En de BBC vocht een oude oorlog uit door klagende jongelui in de banlieue aan het woord te laten. Dat kon France 2 beter: hun correspondent liet de buitenwijken van Londen zien en bracht een zwarte jongeman in beeld die zei dat hij het zat was om in Engeland als tweederangsburger te leven. Hij sprak vloeiend Frans.

En dan de verhalen in de *Herald Tribune* over mannen in de buitenwijken die bij een sollicitatie hun namen veranderen. De ober Oussama noemt zich nu Osman, 'dat klinkt klantvriendelijker'. Zijn vriend Mohammed heet sinds een week Jean Paul.

En ik hoorde: bedrijven geven een cursus glimlachen aan jonge werknemers uit de banlieue. Ze kijken te boos.

WOENSDAG 9 NOVEMBER

Het wordt rustiger in de voorsteden. De provincie fakkelt vrolijk door. Toulouse. Lyon. Vannacht in en om Parijs toch nog zo'n driehonderd auto's verbrand. Ondanks uitgaansverbod.

DONDERDAG 10 NOVEMBER

Radio Notre Dame – een zalvende zender waar ik 's nachts vaak naar luister omdat ik daar het snelst weer bij in slaap val – bericht dat vooral één automerk geliefd is bij de brandstichters: Citroën. Waarom? André Citroën (van Hollandse komaf) was een Jood.

Het hulpje van de Arabe om de hoek, zoals altijd bokkig en onwillig, vroeg ik op de man af: 'Hoe vaak moet jij als je 's avonds uitgaat je identiteitskaart laten zien?'

'Soms twaalf keer op een avond. En het meest nog in mijn eigen wijk. Aan agenten die mij kennen.'

Mijn overbuurman, chirurg in Sarcelles en mijn gids in de buitenwijken, vertelt me dat het ziekenhuis waar hij opereert al veertig jaar niet is geschilderd, ondanks vele verzoeken aan de gemeente. De communistische burgemeester is niet in een opknapbeurt geïnteresseerd. Lelijkheid past hem beter. Hoe groter de onvrede, hoe meer ze op hem stemmen.

VRIJDAG 11 NOVEMBER – DODENHERDENKING

Parijs staat onder bewaking. Agenten paraderen in groepjes van vier op de Champs-Élysées. Autobussen knuppelgeile politie rijden af en aan. En in de achterstraten wacht versterking. Er zou op het internet een bericht hebben gestaan dat jongelui uit de banlieue op weg zijn naar de 'mooiste boulevard van de wereld'. Drieduizend agenten bewaken het centrum.

Zelden met zoveel instemming een citaat van de Britse psychiater Theodore Dalrymple in NRC *Handelsblad* gelezen (op internet): 'Het is een teken van de Franse zelfingenomenheid dat Le Corbusier in Frankrijk nog altijd geldt als een held onder de architecten in plaats van het misselijke, egoïstische en onmenselijke monster dat hij was.' Dalrymple heeft jaren onder kansloze jongeren en in gevangenissen gewerkt. Le Corbusier, bewonderaar van Mussolini en generaal Pétain, die zich in 1941 in Vichy vestigde om zijn stedenbouwkundige dromen onder een nazivriendelijk regime te kunnen voltooien, blijkt uit een onlangs bovengekomen correspondentie uit de jaren dertig ook nog eens een Hitlervriend te zijn geweest: 'Hitler kan zijn leven bekronen met een grootse herinrichting van Europa' (*l'aménagement de l'Europe*). 'Het kleine Joodje zal op een dag zijn plaats kennen.' (*Le petit Juif sera bien un jour dominé.*) (*Le Point* 13, Octobre 2005, No. 1726)

Le Corbusiers volgelingen prijzen nog altijd de hokken in de buitenwijken: geen balkons, ramen zo groot als een dienblad.

In mijn straat wordt het vuilnis zeven dagen per week opgehaald. Ook op zondag. In de banlieue officieel twee keer per week, maar er zijn ook wijken waar de vuilnisauto niet meer durft te komen. Bewoners klagen over vervuilde publieke ruimtes. Niet de desolate hoogbouw drukt hen terneer, noch het isolement, maar het feit dat hun stem die om zorg en aandacht vraagt er kennelijk niet toe doet.

WOENSDAG 16 NOVEMBER

Ingezonden brief in *Libération*: 'Als moeder van een geadopteerd kind uit Togo [een land waar de tirannen elkaar van vader op zoon "democratisch" opvolgen onder goedkeurend oog, zo niet met medewerking van Frankrijk] kan ik niet anders dan de slechte behandeling van niet-blanke Fransen in Frankrijk onderschrijven. Ik ben getrouwd, woon in Parijs, ben gepromoveerd en directeur van een reclamebureau, maar mijn zoon is een *délinquant supposé*. Wat voor vernederingen die jongen niet moet ondergaan. De lijst is lang. Hij is vijfentwintig, woont samen, heeft een kind. Is leraar. Hij woont niet in de *cité*, verdient goed – en vooral eerlijk – zijn brood. Bij de uitgang van winkels, bij controles langs de weg, wordt hij er altijd uit gepikt. Al zou ik tien levens hebben, dan nog zou ik niet zoveel worden aangehouden als hij nu al heeft mogen ervaren. Ze vinden altijd wat: een band die verwisseld moet, een lamp die anders moet worden afgesteld – banden en lampen waar niets mis mee is. De rechter heeft hem al een paar keer in het gelijk gesteld. Zonder ook maar een excuus van de politie. Hij reist vaak met een kortingskaart voor jongeren. De ene na de andere controleur zegt: je kaart is vervalst. In Lyon werd hij opgebracht door vier bewapende agenten. En hij wordt overal als vanzelfsprekend getutoyeerd.' Enz. Enz.

Bij demonstraties zie je steeds meer jonge mensen die zichzelf en elkaar filmen met hun zaktelefoons en met kleine filmcamera's. Voor later: kijk, dat was pappa, tijdens de revolutie.

Mijn werkster komt een uur te laat uit Sarcelles. De RER werd opgehouden door relschoppers. Haar ogen zijn roodomrand. 'Ruik eens.' Ze houdt haar sjaal onder mijn neus. Ik moet huilen.

mordida de
EAUX - PORTES
GRILLES
DEVIS GRATI
DÉPANN
SERRURE
01 48
4 54
Urgent : 06 09
5 Après 20 h
COURS DE TANGO

ET LES YEUX DANS LES YEUX ET LES MAINS DANS LES MAINS...

Parijs is genadig voor verliefden. Zoenen op straat oogst een glimlach van voorbijgangers. Als tegen sluitingstijd de parken door bewakers en politie worden leeggefloten, krijgt de eenzame wandelaar die te lang op zich laat wachten een reprimande, maar het allerlaatste paartje dat onder de rododendrons uit kruipt, komt eraf met een vergevende glimlach. (Zelf gezien, die wandelaar was ik.) Verliefde stelletjes mogen op een druk terras uren over één drankje doen. Als in de lome klok voor het avondeten de minnaars uit de romans van Françoise Sagan met hun sportwagens en cabriolets de straat op gaan en voor hun veroveringen stoppen op plaatsen waar het niet mag, kunnen ze rekenen op de sympathie van de verkeerspolitie. Zoeners bij het stoplicht worden niet weggetoeterd – vrij baan voor de liefde. Nergens wordt op straat zo geflirt als hier.

Vooral in mijn buurt is het sterk ontwikkeld. De leukste vrouwen nemen me hier keurend op en soms word ik met krullende lippen welbevonden – vrouwen van over de zestig, dames in Chanel, dat wel... Ik wist aanvankelijk niet wat me overkwam; zit er iets scheef, heb ik een vlek? Maar na mij keken de flirtsters weer even vrolijk naar de volgende man, dat stelde me niet zozeer teleur als wel gerust: het is maar spel. Dat het me in andere arrondissementen nooit eerder zo sterk was opgevallen, komt misschien door de vele religieuzen die hier bleek van de ene kapel naar de andere schieten. Hun kuisheid werkt uitdagend, hun hooggesloten grauw doet naar bloot verlangen, hun toegeknepen mond naar een uitdagende glimlach – ook ik kan tussen zoveel vroomheid mijn goddeloosheid nauwelijks onderdrukken.

Krijg je er eenmaal oog voor, dan zie je hem overal: de snuffelblik. Ogen trekken ogen aan en dijen dijen. (Behalve in de metro, daar verschuilen mensen zich achter boeken en kranten of staren ze in een onzichtbaar niets – op hun hoede.)

Overspel pleeg je, maar je loopt er niet mee te koop. Kranten schrijven zelden afkeurend over de affaires van politici. Al weet iedereen over het bijkind van Mitterrand en de neuklust van Chirac. (En ook hoe snel hij in bed is, getuige zijn bijnaam *Monsieur trois minutes, douche comprise.*) Is het overspel van een beroemdheid echter verjaard, dan verdient hij of zij een gedenksteen. Prinselijke liefdesnesten en herenhuizen van vermaarde maîtresses krijgen *sans gêne* een herinneringsbord tegen de muur. De ingeblikte stem van de toeristenbus die langs het ruiterbeeld van Henri IV rijdt, slaat bijkans over als de potentie van deze koning wordt geroemd: meer dan twintig onwettige kinderen!

Tijdens een van mijn ontdekkingstochten achter de Buttes-Chaumont bekeek ik het schilderij van Henri Gervex in de trouwzaal van het negentiende arrondissement: *Le mariage civil*. Een schilderij dat oproept tot de seculiere belofte van huwelijkstrouw. Er zal de jonge bruidjes wel niet bij verteld worden dat de geportretteerde een beroemde hoer van standing was, Lucy Delabigne, die pas in haar vak opklom toen ze als Valtesse (kort voor: *votre altesse* – uwe hoogheid) de la Bigne herboren werd. Offenbach liep als een dwaas achter haar aan, Monet, Courbet en Boudin schilderden en adoreerden haar en Zola – waar het om zijn beschrijving van de zelfkant gaat de Jan Cremer van zijn generatie – portretteerde haar en haar bed in de roman *Nana*. 'Nana droomde van een bed dat niet bestond, een troon, een altaar, waar heel Parijs haar koninklijke naaktheid zou komen bewonderen. Het zou helemaal van bewerkt goud en zilver moeten zijn, iets als een groot sieraad...'

Al had Nana volgens haar schepper 'de smaak van een parkiet', het bed van Valtesse, dat in haar tijd al 50 000 francs had gekost, was bijzonder genoeg om na haar dood in het Musée des Arts Décoratifs te worden tentoongesteld. Dat wou ik wel eens zien... maar niemand in het museum die zich daar iets van wist te herinneren; de vaste collectie bevindt zich al jaren in de kelder. Na wat sappige verhalen over de beroemdste matras van Parijs (mijn dikke duim wint het van elke pik) kwam er toch een oude foto boven. De halve staf keek over mijn schouders mee: dit was dus het bed dat door grafelijk Parijs was beklommen! Een monumentaal koperen bouwwerk op een drietrapspodium, omhangen met hemelsblauwe fluweelzijde en een heus wapen boven het hoofdkussen.

Romantiek? Hedonisme? Koel eens af in zo'n fantastische Picardwinkel, de koning van de diepvriesmaaltijd, en wandel door het futuristische decor van witte kisten onder uitvergrote groente- en vleesfoto's, sta stil waar het 't drukst is, bij de kleine porties. Besef hoeveel er wordt gescheiden in Parijs, hoeveel eenoudergezinnen en vrijgezellen er wonen. Kijk naar de klanten en zie hun twijfels: stokbrood voor één of stokbrood voor twee... een hele of een halve forel? Eenzamen boven de vriesdamp. En nog staan ze ijskoud te flirten.

De voedselafdeling van Galeries Lafayette biedt klanten op vrijersvoeten mauvekleurige mandjes aan, als een herkenningsteken dat men contact zoekt – alleen op de donderdagavond.

Willem Frederik Hermans had gelijk: Parijs is de zondigste hoofdstad aller tijden.

ABÉLARD ET HÉLOÏSE

De verlaten Seinekades trekken niet alleen dood aan maar ook liefde – hoop en wanhoop wandelen daar samen op. Aan de Quai aux Fleurs op het Île de la Cité moet ik altijd aan beide gemoedstoestanden denken. Ooit zag ik daar een clochard dobberen, niet ver van nummer 9. In dat huis heeft zich een van de mooiste vrijages van Frankrijk afgespeeld. Buitenlandse toeristen lopen vaak aan de gevel voorbij, maar wie opkijkt ziet er twee gebeeldhouwde hoofden: Abélard en Héloïse. Hier troffen ze elkaar in het geheim, bijna negen eeuwen geleden, in de schaduw van de Notre-Dame. Ieder schoolkind kent hun verhaal...

1118: Pierre Abélard, verbonden aan de kloosterschool van de oer-Notre-Dame, krijgt op negenendertigjarige leeftijd de achttienjarige Héloïse als leerling toegewezen, een nichtje van kanunnik Fulbert. Abélard is een van de grote geleerden van zijn tijd, uit heel Europa trekken studenten naar het Quartier Latin om zijn lessen te volgen, maar ook om naar zijn gedichten en muziek te luisteren. Héloïse drinkt zijn woorden in, en meer: ze raakt zwanger van haar leermeester. Uit vrees voor de wraak van oom kanunnik vluchten de geliefden naar Bretagne, waar een zoon wordt geboren. Als het paar naar Parijs terugkeert, laat de kanunnik Pierre Abélard gevangennemen én castreren.

De vrouwen van de Cité rouwen in het openbaar – uit protest omdat Parijs is bezoedeld door het vergieten van zijn bloed. Verlost van de lastpost tussen zijn benen wijdt Abélard zich voortaan aan geestelijke zaken en wordt monnik. Héloïse trekt zich terug als non in Argenteuil. Pas aan het eind van zijn leven schrijft Abélard het verhaal over zijn grote liefde in *Histoire de mes malheurs*, een latere bron voor de romans over hem. Héloïse, die haar minnaar tien jaar niet ziet, schrijft hem brieven die tot de meest gepassioneerde van de Franse literatuur behoren. (Ook dat leren de kinderen op school.) Als Abélard in 1142 sterft, laat Héloïse zijn lichaam in het geheim naar een ander klooster smokkelen. Tweeëntwintig jaar later voegt zij zich daar bij hem in de kist.

Driehonderd jaar delen de geliefden hetzelfde graf, tot een non in haar geloofsijver de beenderen van het ontuchtig stel weer uit elkaar haalt en in twee gescheiden tombes herbegraaft. In 1792 besluit een progressievere autoriteit hen opnieuw in één kist samen te brengen, zij het met een loden scheidingswand. Het paar is dan al zo beroemd dat het een neogotische druipgrot in het Musée des Monuments Français krijgt toebedacht.

Het gesol houdt niet op. Als begin negentiende eeuw de ver uit het centrum gelegen begraafplaats Père-Lachaise wordt ingericht, lokt men de nieuwe rijken tot het huren van een praaltombe door Héloïse en Abélard als publiciteitsstunt naar de nieuwe begraafplaats over te brengen, gelijk met Molière en La Fontaine. Het loopt storm. En daar liggen ze nu, versteend boven hun tombe, de handen kuis gevouwen, een middeleeuws liefdespaar tussen de bourgeoisie van het negentiende-eeuwse Parijs. Dan maar beter een bloem gelegd onder de medaillons aan de Quai aux Fleurs, zoals vrijende paartjes soms doen. Ik heb er op een kille novembermorgen, aangestoken door de melancholie van de kade, een in de Jardin du Luxembourg gevonden bloembolletje tussen kademuur en stoep geplant – voor die verdronken clochard. Wie weet komt ie op.

MANNEN ONDER ELKAAR

Achter mij praatten twee mannen over saus. De een pleitte voor boter, de ander zwoer bij olijfolie. *Beurre ou huile...* het liep hoog op. Ik draaide me om, wie voerde dit gesprek? Twee koks, twee tuthola's? Nee, twee kantoormannen op weg naar hun tussen-de-middag-restaurant.

Eten is een ernstige zaak, kennelijk te ernstig om aan vrouwen over te laten. Zelfs mannen die hun calorieën liever vloeibaar tot zich nemen en na zich na werktijd moed indrinken, kunnen lyrisch over koken praten. Hoe je tartaar aanmaakt, of je nu wel of niet het lam kruidt vóór het aanbraden, en hoe heerlijk een sauternes smaakt bij knoflookkip. Elke vent kent wel een recept. De keuken is een ernstig onderwerp, hoog en laag heeft er een mening over. Ben je uitgenodigd in een restaurant, dan is de menukaart de brug tot nadere kennismaking. Met wat over de tong gaat hoef je het achterste van je tong niet te tonen. Geen veiliger debat dan een culinair debat. Het land mag naar de verdommenis gaan, er moet wel behoorlijk gegeten worden.

01 70 74 30 5
*Prix d'un appel local ou décompté de v
Jaouad
Yasmine
Réda
Ghislais
ur chatter en live avec des millie
veaux amis !

VAN XXL NAAR XL

Volgens Agence France Presse zijn de Fransen de minst vette mensen van Europa. De Parijzenaars worden het oudst. Zo verkoop je een metropool aan de wereldpers.

Het lijkt me onwaarschijnlijk, vooral nu officiële metingen hebben uitgewezen dat de lucht ín de Parijse metro schoner is dan die bovengronds. Toch spreekt geen van mijn Franse vrienden het bericht tegen. De een schrijft het mirakel toe aan de Gallische zenuwen of het noodzakelijk vasten na de jaarlijkse levercrisis. Anderen roemen de vetverterende knoflook of het uitvoerige warme middagmaal en het lichte avondmaal – wat hier nog steeds algemeen gebruikelijk is – zodat je het zwaarste deel al tijdens het werk verteert en niet 's avonds lui op de bank. Ook zou het rennen en traplopen in de metro jaarlijks een paar kilo vreten. Maar de belangrijkste oorzaak zijn de kleine porties die je overal krijgt, zelfs de afhaalchinees schept rijst in minibakjes. Ook de supermarkten verkopen kleinere porties dan elders in Europa. De receptuur in kookboeken is op het zuinige af. Op straat wordt opvallend weinig gegeten (de stations ruiken niet naar patat). En aan tafel eet men van alles een beetje: kaas én zoet, ook de toetjes zijn klein. Bovendien drinkt de beschaafde stedeling matig.

Waar of niet waar, Parijs schept graag op: in de metropool eet je het lekkerst en het gezondst. Ik ben er in ieder geval in een halfjaar tijd twaalf kilo afgevallen –van XXL naar XL. Eerlijk gezegd werd ik ertoe aangezet door een Vietnamese dokter bij wie ik heil voor mijn rug zocht na het de trap op slepen van een koffer boeken. De pijn brak in augustus door, toen er nauwelijks een dokter in Parijs te vinden was. Uiteindelijk belde ik een kinesitherapeut uit de Gele Gids. Eenmaal kreupel op zijn behandeltafel bleek ik bij een acupuncturist te zijn, waar ik niet veel van moet hebben, maar wonder, het hielp. Na één prikbehandeling was de zwaarste pijn verdwenen, maar daarmee was ik niet van dokter af: ik moest terugkomen en afvallen. De volgende behandeling bewerkte hij mijn pens als een speldenkussen. En verdomd, ik kreeg minder honger. Bij de verdere behandelingen bleek dokter X – zo zal ik hem maar noemen – zich steeds vreemder te gedragen. Hij snauwde tegen me, liet me zonder excuus een uur in zijn wachtkamer zitten en als ik zijn Frans niet begreep, weigerde hij iets uit te leggen; ook had hij er een handje van me uit te schelden als ik naar zijn oordeel te weinig was afgevallen. Beteuterd verliet ik elke keer zijn wachtkamer met het vaste voornemen nooit meer terug te keren, tot ik thuis weer op de weegschaal stond en uit wraak extra mijn best voor hem deed, in de hoop op een aardig woord bij het volgende consult. Maar dokter X bleef snauwen, en steeds harder en gemener prikken. Ik was al tien kilo kwijt toen ik na mijn wekelijkse prikbeurt de winkel van Annie binnenliep en ze geschrokken naar mijn hoofd wees... er sijpelde een straaltje bloed langs mijn slaap. Boven op mijn schedel trilde een naald.

Op dat moment besloot ik me voortaan op eigen kracht te beheersen en als een Parijzenaar te eten en te drinken: van alles wat én minder – in de hoop nóg een x uit mijn etiketten te bannen.

EEN NEUS VOOR ZWERVERS

Mijn geheugen herbergt een woud aan geurstokjes. Pluk ik een aardbei, dan ruik ik de duinen uit mijn jeugd. Mijn Indische tantes zitten in framboos. Honderden neusherinneringen heb ik opgeslagen. Mensen, landschappen, woorden – aan alles kleeft een geur. En aan steden. Eet ik een gepofte kastanje, dan ruik ik Parijs in de winter. Maar hoe ruikt Parijs in de zomer? Op een windstille dag, als er een deksel vuile lucht over de heuvels hangt? Naar zwervers. En dat is niet één geur, maar een boeket van stanken. Mijn neus plukt ze er een voor een uit.

Neem de mannen op de hoek van de rue de l'Ancienne-Comédie die zich, bij voorkeur tijdens het lunchuur, wijdbeens op het trottoir vlijen. Rond hen hangt de geur van oude wijn, maar dan van een heel beroerd jaar. Of de jongen met zijn vilthaar – bij wie het eelt in zijn sokken groeit – altijd vergezeld door twee springerige herders die hem van kerkdeur naar kerkdeur slepen. Hij stinkt naar aceton, vermoedelijk doordat hij hetzelfde eet als zijn honden: vleesbrokken uit blik. En dan de twee oudere vrouwen die al jaren op de rue Saint-Antoine bivakkeren, tussen tientallen dozen en tassen, in regen en wind, bij ijzige koude, gewikkeld in vodden. Zij ruiken naar oude aardappelen.

Tientallen zwervers, bedelaars en dorpsgekken kan ik in geur oproepen. Vooral degenen die ik tijdens mijn vaste wandelingen tegenkom en die ik uit gewoonte en verlegenheid maar ben gaan groeten. (Zo dwingend kijken ze me aan.) Met een enkeling maak ik zelfs een praatje. En soms verbeeld ik me dat er vriendschappelijke gevoelens over en weer vonken, maar dat lijkt me een ijdele gedachte. De meesten leven in een schimmenwereld en als ik naar hen afdaal, ben ik slechts een meneer met geld, goed voor een bijdrage aan de volgende fles.

Ja, ik weet het: ik bespoedig hun dood met mijn gulheid. Maar wat moet ik dan? Dikhuidig aan ze voorbijgaan? Lukt me slecht. Al maak ik mezelf wijs dat het hun eigen schuld is, al zitten er je reinste hufters tussen, dan nog trekt hun stank aan mijn neus. Ik snuif. Mijn neus verkent. Rubriceert. Elke geur krijgt een gezicht.

Misschien is het angst. Bezweer ik zo het gevaar zelf aan lagerwal te raken. (Een Frans onderzoek heeft uitgewezen dat vooral mannen bang zijn dakloos te worden.) Het is ook angst voor mijn tijd. Er is in Parijs – en elders in de westerse grootsteden – een onzichtbare klasse aan het ontstaan. Werklozen die uit de statistieken zijn getuimeld, onverzekerden, mensen zonder papieren, zonder huis, losgeraakt van familie. Ze slapen onder bruggen, in rafeltenten, barakken en autowrakken. Mannen, bijna altijd mannen. Maar in het Parc de St-Cloud zag ik ook een vervuild gezin in een aftandse caravan. Ik ben hun geur niet vergeten.

De armoe is exotischer gaan ruiken. Het aantal zwervers uit Afrika en de Maghreb neemt zienderogen toe. Er zwerven tientallen Afghaanse kinderen op straat. Er vallen gaten in onze grenzen, dus doen we een extra knip op de deur. Gordijnen dicht helpt ook.

Een dode zwerver op straat haalt de krant allang niet meer – stappen we overheen. De drie zwervers die afgelopen winter (2005) op geheimzinnige wijze zijn vermoord, waren goed voor een paar regels buurtnieuws, meer niet. Midden juni werd er nog een vrouw van vijftig doodgetrapt. Een Cambodjaanse. Ze sliep al zes jaar op een stuk karton onder een viaduct in een desolaat gebied in het achttiende arrondissement. Twee meter bij één meter nam ze daar in, meer niet. 'Een rustige maar opvallende verschijning in een bonte winterjas,' schreef *Le Parisien*. Ze was slachtoffer van een *happy slapping*. Een groep jochies van nog geen vijftien jaar oud was voor de kick tegen haar aan gaan schoppen. Hun daad werd met de camera van hun mobiele telefoons vastgelegd. Zo liep het schorem ook tegen de lamp: pochend met hun beeldverhaal.

Ook zonder YouTube zie ik haar voor me. Ik ken haar wijk. L'Évangile, waar verlaten fabrieksterreinen overlopen in ongebruikte spooremplacementen, waar de wanhoop van een stad zich vestigt. Noem het neuzen. Om mijn angst in kaart te brengen. Zwerfsters zijn gek op dikke winterjassen. Ze wonen in hun kleren. Maar de geur van de Cambodjaanse heb ik nooit opgesnoven. Toch dampt ze op uit die honderden andere vrouwen die ik in dikke jassen zie lopen, met tassen vol afval, dwangmatig zoekend naar meer – ook op snikhete dagen. Ze maakt haar slaapplaats onder het viaduct schoon, ze ordent haar omgeving, maar in haar hoofd ontbreekt orde.

Ongezien. Ongeroken. En toch heeft haar dood me getroffen. Ik denk aan haar als ik na de bioscoop over de boulevard Montparnasse wandel en arme sloebers voor een beker soep in de rij zie staan. Voedzame drab, opgediend uit de laadbak van een bestelauto. Mooi gebaar. Maar er zit een luchtje aan. SDF, de club die uitdeelt, heeft maar één smaak op het menu:

soupe au cochon. Getrokken uit poten en oortjes. SDF staat niet alleen voor *Sans Domicile Fixe* – de afkorting voor 'dakloze' – maar ook voor *Solidarité des Français*. De varkenssoep is een Eigen Volk Eerst Soep. Ook wel *soupe identitaire* genoemd. Opgediend uit protest: de opvangcentra voor daklozen zouden vergeven zijn van de vreemdelingen, waardoor de witte, van origine zuiver Franse, zwervers daar niet meer terechtkunnen en gedwongen worden op straat te slapen. Varkenssoep staat voor christelijke waarden en Europese beschaving. Mooie bijkomstigheid: moslims en joden worden geacht geen varkensvlees te eten.

Het duurde even voor ik het durfde, maar een week later stond ook ik in de rij. Ik liet er speciaal een stoppelbaard voor staan. De soepscheppers verwelkomden me hartelijk – zo'n schone goedgeklede klant zagen ze niet elke dag. Ze visten naar wat extra oortjes. De vetoogjes schommelden in de soep. Zou de Cambodjaanse zwerfster zo vol zijn opgeschept? Ze voldeed niet aan de eisen van het Eigen Volk, maar haar Aziatische keuken schuwt het varken niet. Een bruinige man na mij, met een gehaakt mutsje op zijn hoofd, werd gewaarschuwd: 'Weet je wel wat je hier krijgt?'

'Het is een moslim,' fluisterde een van de soepscheppers. De soepscheppers knorden, wezen de man wel drie keer op het woord *cochon*. Maar hij bezwoer bij hoog en bij laag, zij het met een zwaar accent, honderd procent christen te zijn. *Un Français de souche*. Hij kreeg zijn soep.

PS Mijn soep belandde uiteindelijk in de maag van een grote Afrikaan. Buiten het zicht van de potige opscheppers, dat wel. Mijn neus verdraagt geen varkensoor.

OUD BLOOT

Een messenwerper met een scheve toupet, een acrobaat in een gouden maillot, twee dansende schimmels en een rij halfblote dames die hun been opgooien: niks treuriger dan nachtclubvermaak. En helemaal als je er verplicht bij moet drinken. Champagne, met een klevende dame aan je zij. Toch heb ik er de beste herinneringen aan, maar ik mocht dan ook de dolk van een messenwerper in mijn hand wegen, twee paarden in de coulissen aaien en zeker een liter champagne drinken, hangend aan de trapeze.

Ja, ik heb het Lido verkend, van wijnkelder tot nok. *Le meilleur cabaret de Paris!* Nog altijd hoog aangeschreven bij Japanse, Amerikaanse en Russische toeristen. Ook de Chinezen staan er tegenwoordig voor in de rij. Een jaar of wat geleden al had een oud-danseres me op sleeptouw genomen – slecht ter been en dorstig. Ze was mijn achterbuurvrouw en we deelden dezelfde trap. Ik hielp haar met te zware boodschappen, zij legde bij mijn afwezigheid de post onder mijn mat. Ze opende nogal eens mijn brieven – per abuis, maar wel met bril. Ze was er trots op dat ze een beetje Nederlands kon lezen. Belgisch was ze, én ijdel. Haar benen hadden nog voor soldaten gedanst, ik vroeg maar niet welke. Ze wilde van geen jaartal weten, uit schaamte misschien, of uit ijdelheid, want hoe krakkemikkig ook, een leeftijd had ze niet. Over ons bezoek aan het Lido mocht ik niet schrijven. 'Het maakt me zo oud, doe het maar na mijn dood.'

Vorige winter is ze voorgoed door haar benen gezakt. Nu mag ik dus. Aan haar draag ik deze herinnering op.

Het was lente, ik wist nog niets van haar verleden en we maakten een wandeling. (Je doet wat als net gearriveerde buurman.) Inge – laat ik haar zo maar noemen – vroeg om de steun van mijn arm. We passeerden een affiche van het Lido – hoogbenige blondines met veren om de bil. Het bloot was beklad. De oude dame sprak er schande van. Wie deed zoiets? Kuise gelovigen, feministes? Hadden ze dan geen respect voor haar kunst. Kunst? Ja, ze was een van de eerste Bluebell Girls geweest, danste jaren in het eerste Lido aan de Champs-Élysées. Wat, was ik nooit in het Lido geweest? Maar dat was ook *Kultur*! Als ik maar wist dat wereldberoemde choreografen balletten voor de Bluebells en les Boys hadden gemaakt! Namen? Ja, namen was ze nu even vergeten.

Een week later schuifelden Inge en ik over de rode loper van het Lido. Voor haar het nieuwe Lido – het oude theater lag een paar meter lager op de Champs-Élysées. Ze had er speciaal haar netkousen voor aangetrokken en ook haar doorleefde buste mocht een avondje uit: aan haar decolleté viel niet te ontsnappen. Ik moest en zou die avond klappen voor haar vak, ja, voor haar leven. Maar ze beloofde me dan ook het dubbele te laten zien: de show in de zaal én de show achter het toneel. Stiekem geregeld: ze had nog altijd haar contacten. Ik was die avond haar speciale gast. Een gast met een portemonnee.

We liepen langs een haag gespierde mannen in smoking. Alles bleek te zijn zoals ik vreesde: de getinte spiegels die zelfs een teringlijder nog een kleurtje gaven, het omfloerste licht, de glitter, de champagne die ongevraagd op tafel stond, de prijzen op de drankkaart, de muziek om de stemming erin te brengen – een man achter een elektronisch orgel die in zijn eentje veertig violen bespeelde. Ik was bereid te lijden... Tot de flessen werden ontkurkt, honderden tegelijk. Knalwerk voor de zinnen. De champagne vloeide hoorbaar. Het siste. Schijnwerpers dansten om de tafels. Even vertraagde het licht om mijn Bluebell, alsof het een buiging voor haar maakte. Ze glunderde. Of leek dat maar zo? Servetten werden uitgevouwen, waaiers van wit. De revue zou pas over anderhalf uur beginnen maar het opdienen van het diner was ook al een show. Een ballet van gedienstigheid trok langs onze ogen: minstens honderd witgehandschoende obers lieten borden zweven: vijf op de rechterarm en ook nog eens vijf op een dienblad hoog op de gespreide linkerhand. Binnen vijf minuten zaten er elfhonderdvijftig mensen te eten.

De mannen in smoking vormden ook binnen een haag. Ze bleken zo kwaad nog niet, het waren de maîtres d'hôtel, hun strenge blik hoorde bij hun status: zij waakten over de honderd commis en chefs de rang. En over ons: de hand van mijn danseuse werd wel drie keer gekust. Bij het hoofdgerecht zaten we al aan de tweede fles champagne. Na de pudding doofden de lichten, kroonluchters schoten omhoog, pilaren klapten weg, een spotlicht onthulde een heus orkest op het balkon, een dansvloer werd podium, een deel van de eetzaal zakte decimeters lager (twee bussen Japanners gilden het uit). We hadden een prachtig uitzicht. Het spektakel kon beginnen.

Een knarsende robot tastte het nog duistere toneel af, het

orkest denderde spotlights: *le tableau de la troupe* nodigde ons uit voor een 'reis door de verbeelding'. Oosterse prinsessen dansten voorbij, gehuld in gele struisvogelboa's, we betraden het land der roodgevederde Azteken, de zon werd daar aanbeden. Een helikopter ratelde boven ons hoofd, een duikboot rees op uit kolkend water, een paar minuten later veranderde het water in een vlakke ijszee waarop twee schaatsers pirouetten draaiden. En dan oh's en ah's in vele talen. Applaus: twee paarden stoven op, steigerden voor een brandende saloon. Hoe deden ze dat? Ik stootte mijn buurvrouw aan om mijn verbazing met haar te delen, maar Inge sliep. De fles was leeg. Ze reisde elders. 'U moet wel opletten,' zei ik. Deed ze, heus, deed ze! Maar ze luisterde met haar ogen dicht, zag ze nog meer. Ook die paarden? Mooi ja, maar zij danste vroeger met een kameel!

Tegen vroeger kon niets op. Maar hoe deden ze dat dan? vroeg ik. Waar graasde haar kameel? En de zee? Klotste er in haar tijd ook een zee op het toneel en bevroor die ook?

Een zee? Waar had ik het over? In haar tijd was het Lido allang geen zwembad meer. Dat was voor de oorlog. 'Je haalt alles door elkaar.'

Het doek viel en we zochten helderheid achter de coulissen. We verruilden de geur van honderden lege flessen champagne (het Lido is de grootste afnemer in Frankrijk) voor het poeder en zweet van de artiesten. We waadden ons een weg door een gang vol veren – *changements rapides* – en stapten achter op het toneel. Inge werd gegroet, gekust, opgetild door gespierde mooie boys. Inge was hun mascotte. Anonieme krachten deden hun werk: timmerlui lapten de saloon op, schoonmakers veegden het ijs en dweilden de vloer, nog nat van plassen onstuimige zee. Naaisters zetten afgedanste pluimen aan. Aan beide kanten van het gordijn werkten evenveel mensen. Minuten werden afgeteld. Even na middernacht begon de tweede show.

Inge en ik slopen naar de loopbrug. De muziek zette in en we zagen hetzelfde, maar nu van achter en van boven. Diep onder ons lagen de decors, als waaiers opgevouwen; met een druk op de knop kwamen ze in volle glorie boven. Terwijl er op het toneel nog in het Verre Oosten werd gedanst, zagen we de Aztekentempel onder onze voeten langzaam stijgen. Een toneelknecht vulde onderwijl de zee. De onderzeeër schommelde al in het schuim. Meer naar voren, nog onzichtbaar voor ons oog, bevond zich nog een kelder, daar rustte een kant-en-klare ijsplak. Het schaatspaar wachtte in de coulissen. Ze kibbelden. Steeds luider. Pas toen de plak steeg, en het spotlicht op het ijs weerkaatste, zwegen ze en schaatsten ze met bevroren glimlach op.

Inge volgde het allemaal niet meer. Ze liet zich inschenken door een trapezewerker, die hoog boven ieders zicht een verboden fles had verstopt. Speciaal voor haar. En ik noteerde vlijtig mijn indrukken, uit angst zelf te vergeten. Want hoe verwarrend was het niet achter de coulissen. Hoorde ik daar hoefgetrappel boven mijn hoofd? Een paardenlift zakte. Twee schimmels keken ons aan. De koketste artiesten van de show. Gecoiffeerde manen, gelakte hoeven, het tuig bestikt met plastic edelstenen. Een verzorger hield ze in bedwang. Ik fluisterde ze moed in, maar de verzorger stelde me gerust: 'Het zijn de gelukkigste paarden ter wereld, overdag in de wei en 's avonds tussen de mooiste vrouwen van Parijs.' Hoe haastig in het verkleden ook, de ene danseres na de andere kwam een aai of zoentje brengen. Zelden zullen paarden zo door hardwerkende vrouwen geliefkoosd zijn. Want hard werken deden ze, die danseressen: ze torsten hoeden van vijf à zeven kilo, gespten zich in beugels die blauwe plekken achterlieten, cape om, cape af, en maar rennen en dansen. Borsten fier vooruit. En altijd die glimlach, die wezenloze glimlach.

Pas in de kleedkamer gingen die maskers weer af, toen we afdaalden en in gezelschap van naaisters en machinisten een glas dronken en Inge haar verhalen mocht vertellen. Over hoe mooi het vroeger was, met al die bewonderaars in de zaal: Jean Cocteau, Jean Marais, Anouk Aimée, Brigitte Bardot, Charlie Chaplin... Heldere namen. Alleen die kameel, hoe heette die ook alweer?

De Bluebell Girls luisterden, ook al kenden de meeste haar verhalen. Ze luisterden naar hun voorland. Tot het ochtendgloren hebben we daar gezeten. En ik schommelde nog even in de trapeze, voor de sensatie en voor de herinnering.

KNEKELTOERISME

Een kring van getrouwen staat met gesloten ogen om de tombe. Om beurten leggen ze hun hand op de buste, om het fluïdum van de meester op te vangen. Ze wiebelen als wichelroeden in de wind. Aangeraakt door vreemde krachten, het oor gericht naar een andere wereld. Een enkeling spreekt in zichzelf; te zacht voor mijn passerend oor. Wat horen zij dat mij onthouden wordt? Ik wil doorlopen, gênant als het is privégedrag in een publieke ruimte te bespieden, maar ik kan mijn ogen niet van hen afhouden.

Het geloof in verzinsels heeft me altijd geboeid. Waarin verschillen deze mensen van de andere grafbezoekers? Halen we ons niet allemaal een beeld voor de geest als we de gebeitelde naam van een bekende dode lezen? En soms hoor ik ze ook, omdat ik hun stem ooit in het echt heb gehoord. Bij het graf van een componist klinkt zelfs muziek, omdat de naam een onvergetelijke melodie oproept. (Bij Joseph Kosma op Montmartre hoorde ik de eerste tonen van zijn 'Feuilles Mortes'.) Zo nuchter ben ik... Maar zij daar – de spiritisten om de buste van Kardec* – verkeren met druïden en farao's.

Een zwerm mussen daalt op het pad. Wat een leven. De zon

schijnt in het opdwarrelend stof. Een kwaad gezicht tekent zich erin af, een oude bekende – een man die allang dood en geruimd is. Wat komt hij hier spoken? Vlieg op, mussen!

De getrouwen rond Kardec laten zich niet door het gefladder afleiden, ze horen ook de luide stemmen niet die hun kant op komen. Een groep uitgelaten toeristen in truien en clubsjaals, bierblikjes in de hand. Een gids tussen hen in. Oude jongeren op zoek naar het graf van een muzikant uit hun jeugd. In het voorbijgaan maakt de gids een opmerking over het graf van Kardec. De toeristen vermaken zich om de spiritisten. Het zouden mijn grappen kunnen zijn. Een dikkerd in trainingspak speelt voor spook. Boe. Boe. Geschater over de graven. De getrouwen drukken zich een voor een tegen de tombe aan; zoveel leven maakt hen bang.

Plotseling voel ik een grote woede in me opkomen – de woede van de dode die ik in het stof heb gezien. Ik loop haastig weg, niet wetend wat ik het meest vervloek: zwevers of botteriken, mijn bijgelovigheid of mijn nuchterheid, hemel of aarde.

* Allan Kardec is de druïdenaam van Hippolyte Léon Denisart Rivail (1804-1869), de grondlegger van het spiritisme.

VERSTEENDE ADEL

Een man telde de seconden. Om 10.22 gingen de hoeden af: het moment van de onthoofding. De rouwenden keken devoot naar de grond, verkeer raasde voorbij. In de stilte van het herdenken zagen zij bloed over de keien vloeien.

Ze stonden er weer, de ochtend van de eenentwintigste januari, op de Place de la Concorde, kleumend in de regen: een handjevol koningsgezinden en een druipende priester.

Het hoofd van Louis rolde in 1793. Ruim twee eeuwen later brengt hij nog altijd volk op de been. Gewoontegetrouw liep een klein gezelschap na afloop van de plechtigheid door naar de iets noordelijker gelegen chapelle expiatoire, de boetekapel die een na de val van Napoleon in ere herstelde Louis XVIII voor zijn onthoofde voorganger liet optrekken.

Hoewel een oneerbiedig voyeur als ik geen kans maakte daar die ochtend te worden toegelaten, kon ik toch vermoeden wat zich in die kapel zou afspelen, want ik was er al eens binnen geweest en wist dat de Bourbons daar als heiligen worden aanbeden.

Mijn nieuwsgierigheid naar deze koningsgezinden (Parijs telt er 75 000) was gewekt tijdens mijn bezoeken aan het zwembad in de rue de Pontoise. Telkens als ik daar tussen de middag mijn fiets stalde, zag ik zwartgesluierde vrouwen de naastgelegen kerk binnenglippen (Saint-Nicolas-du-Chardonnet). 'Allemaal royalisten,' volgens de badmeester, 'de zwartste reactie komt daar bidden.' Met de haren nog nat ben ik er toen meteen naar binnen gelopen. Ik zag er vrouwen en mannen op de knieën over het marmer kruipen. Heel zuur keken ze. Het bleek de kerk van de door Rome geëxcommuniceerde bisschop Lefebvre te zijn; de man is allang dood maar het verleden springlevend: nog dagelijks worden er missen in het Latijn gecelebreerd. Vooral de behoudende adel zou er ter kerke gaan. 'Maar als je echte engerds wilt zien moet je naar de chapelle expiatoire,' zei de badmeester.

Erheen, ook dat hoort bij mijn inburgeringscursus: men dient alle sentimenten te verkennen.

Drie keer vond ik de deuren van de kapel gesloten en telkens inspecteerde ik het rondom gelegen Louis XVI-parkje waar Proust vanuit zijn appartement aan de boulevard Haussmann (102) op moet hebben uitgekeken – geen zwartgerokte royalist te zien. Tot ik bij een vierde poging de deuren wagenwijd open vond en me aansloot bij een bus naar binnen schuifelende bejaarden. Vriendelijke mensen, zo op het eerste gezicht.

De rondleiding begon in de tuin. Een rijzige vrouw met opgebonden vlechten sprak ons toe. Onze ogen volgden haar woorden. We keken naar de grond waar ooit zeshonderd Zwitserse gardisten hun graf hadden gevonden, de laatste verdedigers van de belegerde Louis XVI en Marie-Antoinette. De vrouw gooide er nog een paar karrenvrachten onthoofde adel bovenop. We deden beduusd een stap opzij om beter te beseffen hoezeer de grond onder onze voeten met de dood verzadigd was. Onze gids schuwde het theater niet: 'Hier vonden Louis XVI en Marie-Antoinette tweeëntwintig jaren lang gastvrijheid, tussen hun verdedigers én bewonderaars, want ook 133 bij de huwelijksfeesten van het koningspaar vertrapte toeschouwers lagen hier begraven.' De bezoekers zagen er een teken van de Voorzienigheid in. Maar dat nam niet weg dat ze ook aardse details wilden weten. Waar had de koning precies gelegen? En hoe kon men het koningspaar bij het opgraven herkennen? De gids kraste met een tak in de aarde. Links in de hoek rustten ze, aan de kant van de rue d'Anjou, hun graven waren van geheime merktekens voorzien. Na de revolutie werd de overvolle begraafplaats geruimd en voor een deel opgekocht door een koningsgezinde buurman.

We schuifelden naar de achterin gelegen kapel, gebouwd op de plaats waar de koninklijke lijken hadden gelegen, en betraden een neoklassieke tempel, indrukwekkend van soberheid. Prachtige rozetten boven ons, versierd marmer op de vloer. Links een beeld van de koning, sereen naar een engel opkijkend, op zijn sokkel zijn in gouden letters gebeitelde testament. Rechts de koningin, in haar wanhoop gesteund door een vrouw die Het Geloof symboliseert. Tragisch, lijdend. De gids zette zich wijdbeens tussen de twee beelden en nam ons mee terug naar die tragische dag in januari...

'Het was doodstil in Parijs toen Louis XVI naar de guillotine werd gereden, hij stond rechtop in de kar, waardig op weg naar zijn dood. Toen hij het schavot beklom, speelden de trommelaars. De koning gebaarde om stilte, wilde iets zeggen, maar de beulsknechten duwden hem naar voren, dwongen hem zijn hemd uit te trekken, maar hij stribbelde tegen. "Volk, ik ben onschuldig," riep hij boven het getrommel uit. De beulsknechten scheurden zijn hemd af, knipten zijn haar en bonden hem aan de plank. Een geestelijke knielde naast de koning en fluisterde in zijn oor: "Zoon van Lodewijk de Heilige, u gaat naar de hemel."'

Instemmend gemompel onder de aanwezigen. En huiver ook... vooral toen de gids ons vertelde hoe de koning net voor het vallen van de bijl zijn hoofd ophief, waardoor een deel van zijn achterschedel en kaak werden gekliefd. En dan die arme Marie-Antoinette, die negen maanden later naar het schavot werd gebracht. Langs de Tuilerieën gereden, raakte ze door herinneringen bevangen: 'Mijn dochter, mijn kinderen,' weende ze. Bij het zien van het schavot trok het bloed uit haar gezicht, haar hoofd zakte op de borst, ze viel flauw en werd bewegingloos op de plank gebonden. 'Vermoedelijk getroffen door een beroerte,' zei de gids.

'De republikeinen hebben haar dood onthoofd,' gromde een man verontwaardigd.

'De honden dronken van hun bloed,' zei een vrouw.

'En de beul kreeg berouw,' wist een ander.

Zo haalde men nog lang herinneringen op.

De mannen steunden zwaar op hun met wapenschildjes versierde wandelstokken. Ze keken elkaar aan en schudden het hoofd. Kinnebakken trilden zorgelijk. Het marmer trok in mijn schoenzolen, maar de kou belette de vrouwen niet om op de blote knieën voor Marie-Antoinette in gebed te gaan.

Volgens de gids volgden ze hiermee het voorbeeld van de Spaanse duc d'Anjou, een echte Bourbon en aanvoerder van de *branche légitimiste*, die elk jaar tijdens een privéceremonie voor deze beelden in gebed gaat. 'Een man het Franse koningschap waardig en mooi bovendien.' De aanwezigen konden het allen beamen.

Bij het verlaten van dit door de staat onderhouden monument bladerde ik nog even door het gastenboek. Loftuitingen: '*Hommage et regrets pour ce bon Roi et cette aimable Reine.*' '*Vive la Reine.*' En kritiek: '*La Republique c'est la Merde.*' Ook buitenlanders lieten hun indrukken achter: 'Leuk kerkje,' schreven Anja en Paul uit Nederland.

DE MOOISTE PUBLIEKE PLEE

Rechts van de pilaren van de Madeleine (de kerk waar hoeren kaarsen voor Maria Magdalena branden) kronkelt een trap naar een ondergronds paleisje. Hier kan men voor eenenveertig eurocenten koninklijk zijn gevoeg doen in mahoniehouten kabinetten, omgeven door wervelend tegelwerk. De vloer is een ingelegd juweel, het glas in lood art nouveau, het koper van de schoenpoetstroon belooft veel glans, en dat alles bewaakt door een dweilende matrone. Te mooi voor een plas, meer een plek om je neus te snuiten.

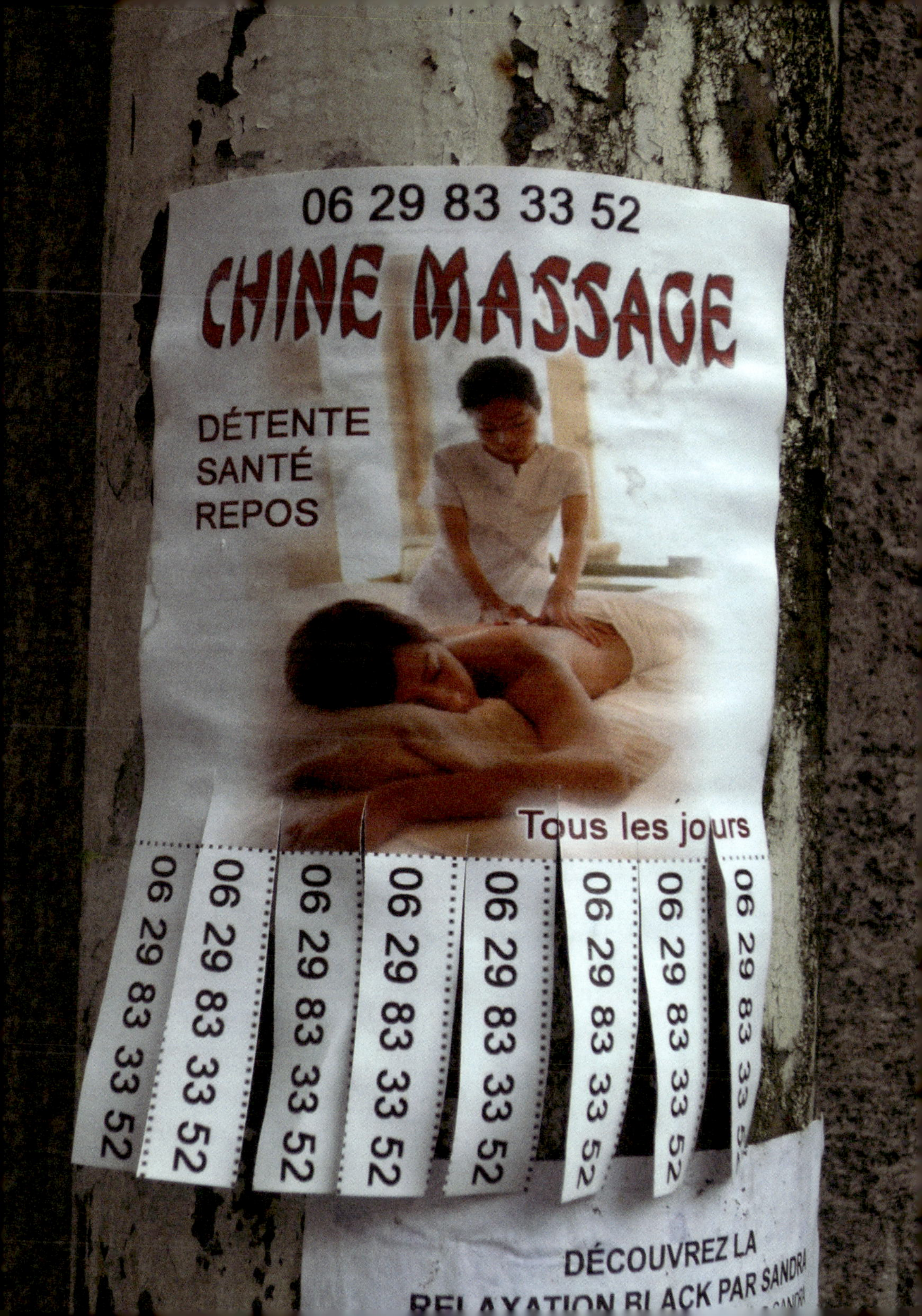
06 29 83 33 52
CHINE MASSAGE
DÉTENTE
SANTÉ
REPOS
Tous les jours
06 29 83 33 52
06 29 83 33 52
06 29 83 33 52
06 29 83 33 52
06 29 83 33 52
06 29 83 33 52
06 29 83 33 52
DÉCOUVREZ LA
RELAXATION BLACK PAR SANDRA

DE VRIENDENTAFEL

Een van de aangename kanten van wonen in Parijs is dat ik er onzichtbaar kan zijn, zelfs in mijn eigen vertrouwde buurt. Ik blijf een vreemdeling. En omdat ik hier niemand ben, breek ik door alle sociale lagen. Ook het alleen zijn biedt voordelen. Zo ontfermde zich laatst een oude dame over mij. We spreken elkaar wel eens op de biologische buurtmarkt. Nooit te lang, ze heeft een tache de beauté op haar wang waar ik mijn ogen niet van af kan houden. Of ik niet eens bij haar vriendentafel zou willen aanschuiven? Elke vrijdagavond om zes uur open huis. In Amsterdam zou ik er niet aan denken zo'n uitnodiging aan te nemen, maar in Parijs? Ik volg hier een permanente integratiecursus, pas me overal aan en meng met gek en goed en hoog en laag.

Tot mijn verbazing woonde ze nog een flink stuk lopen van de markt, in een prachtig appartement schuin tegenover het Louvre. Een bediende deed open en leidde me door een gang met oude meesters. De vloeren kraakten onder de perzen, klokken tikten zacht. Was dit het huis van de mevrouw die tijdens het afbreken van de markt groente voor de halve prijs kwam kopen?

Het gezelschap dat me opwachtte dronk een welkomstdrankje uit antieke glazen. Vier in Parijs verdwaalde vreemdelingen: een pluizige Amerikaanse schrijver, een Italiaanse fotograaf en een vrouw met een heel groot hoofd die weer hoorde bij een man met een bochel. De vrouw met het grote hoofd bleek een Britse die vroeger operazangeres was geweest. De gebochelde was ooit haar begeleider en beproefde sindsdien zijn geluk in de kunsthandel. Het viertal kende elkaar van de biologische markt. We spraken over de financiële crisis, de koers van het Britse pond en de voordelen van het onbespoten leven. Tot er een man in een donkergrijs pak binnenkwam, een huisvriend van de gastvrouw. Haar pastoor. Je kon het niet direct aan hem zien, maar hij droeg een geniepig zilveren kruisje op zijn revers. Onze gastvrouw drentelde om hem heen, haar tache de beauté trilde van opwinding. De fotograaf fronste zijn wenkbrauwen. De operazangeres deed haar blouse een knoopje hoger.

De pastoor mocht aan het hoofd van de tafel zitten – zijn vaste plaats. Hij at elke vrijdag bij madame. Ik kreeg een stoel niet ver van de zijne toegewezen, naast de Italiaanse fotograaf. De huisknecht schonk wijn in. Meneer pastoor ontfermde zich al snel over de fles, om zijn dorst te verbloemen schonk hij mij en de Italiaanse fotograaf telkens bij. We dronken onze gêne weg.

You have an accent, zei de Italiaan, die geen Frans sprak en zelf zijn klemtoon kruidde als een Hollywoodmaffioso. Onze pastoor kwam uit Boekarest, sprak vijf talen en had een Duits paspoort. Na de oorlog was zijn vader in Roemenië als jongeman van negentien door de Russen opgepakt en had hij vijf jaar als dwangarbeider in Siberië gewerkt. Zijn moeder moest als Jodin voor de Duitsers vluchten. In de jaren vijftig ontmoetten die twee elkaar. Zij liet zich bekeren.

'Maar voor de Joodse wet bent u een Jood,' zei de operazangeres.

'Dat is mijn wet niet.' Een bittere trek tekende zijn mond.

'Hoe wonderlijk, we komen dus allemaal uit het buitenland,' zei de gastvrouw. Ze zag het als haar taak de conversatie licht te houden. Haar ouders waren Italiaanse emigranten. Parijs had ons bij elkaar gebracht. Verbazing alom. Deden we nog zo ons best met Fransen aan te pappen, zaten we toch weer als buitenlanders op een kluitje. Het was ook niet makkelijk om bij Parijzenaars thuis over de vloer te komen.

'Accepteren uw parochianen een buitenlandse priester?' vroeg de Italiaan.

De gelovigen moesten wel, er was een tekort aan Franse priesters. Maar wat deerde het? God regeerde over de landsgrenzen heen.

De kunst ook, vonden fotograaf, zangeres, schrijver en kunsthandelaar.

Maar kent de kunstenaar ook morele grenzen? vroeg de priester zich af. Al die naaktfoto's in de reclame, de schunnige taal in de literatuur, seksualisering van de mode, cinema.

'U bent op de hoogte,' zei de fotograaf.

Ook als je het niet wilde zien, werd je ermee geconfronteerd. Het was vrouwonterend, vond de priester. En Paris Plage! Al die mannen en vrouwen die deze zomer weer halfnaakt langs de Seine lagen. De gay parade... Ja, dat kreeg je in een stad waarvan de burgemeester homoseksueel was. En de regering gaf ook een slecht voorbeeld. Een minister van Justitie met een buitenechtelijk kind, de vrouw van de president die mannen versleet als nylons... God was daar niet mee ingenomen. De priester kende God goed.

We spraken hem niet tegen.

De gastvrouw liet de eend serveren. Een blote eend. Ik zocht andere gespreksgenoten. Maar de fotograaf gaf de moed niet op, hij wees naar het opvallende horloge van de priester. 'Uw wijzerplaat geeft twee verschillende tijden aan.'

De priester trok de mouw van zijn jasje op. 'Roemeense tijd en Franse tijd. Een uur verschil, maar toch. Ik bel nog veel met mijn vader en die heeft vaste gewoonten waar ik hem niet bij mag storen.' Vader bleek het herderlijk werk van zijn zoon te ondersteunen. De kerk betaalde hem 'slechts' 750 euro per maand.

Wij keken ineens anders naar zijn scherpgesneden pak, zijn dure horloge, Façonnable-hemd en zijden das. Het vertederde ons niet, daar was de priester te streng voor. Te fanatiek. Hij striemde de tafel met kwade woorden over homo's, Arabieren en zedeloze vrouwen.

De Italiaan tartte hem: *I like to fuck girls, but why can I not fuck boys? It is not the Lord's business if I put my prick in an asshole...*

Het mes van de priester kraste over zijn bord. De gastvrouw was een flauwte nabij.

Vreemd heerschap, onze tafelpriester. In eigen kring zou ik met hem verbaal op de vuist zijn gegaan. Maar had ik zo'n fanaticus in de binnenlanden van Afrika ontmoet, dan had ik me hooguit verbaasd, zoals ik me ook verbaasde over boteraanbiddende boeddhisten in Bhutan en voorvadervererende Aboriginals in Australië. Op reis kon het me niet vreemd genoeg zijn. Ik meet kennelijk met twee maten. Was Parijs niet ook een ver land? En was ik er niet op een permanente ontdekkingsreis? Parijs als stad van avontuur, waar ik me liet verleiden door een tache de beauté, duistere kroegen binnenstapte, late treinen naar de buitenwijken nam... Parijs, stad van oproerkraaiers, zwervers, seksuele hinkepoten, royalisten, fundamentalisten, kaalkopracisten. De ongemakkelijke klassen onder het vernis. Eropaf: krabben en kennismaken. Oordelen kan altijd nog: hoe minder ik vind, hoe meer ik ontdek.

De tafel brak op. De priester en ik moesten dezelfde kant op. We liepen langs de Seine, staken de Pont des Arts over. Het was een zwoele avond. Bruggen en gebouwen baadden in een zacht licht. Op de Pont des Arts werd een verjaardag gevierd. Jongens dronken uit één fles. Meisjes zwijmelden rond een langharige gitarist. Blote voeten, blote schouders, tatoeages. De priester keek er bitter van weg. Barst, dacht ik, en ik wilde doorlopen.

'Waarom kunt u niet genieten?' vroeg ik. 'Parijs is deze avond toch op zijn mooist?' Een volle maan, zoveel verleidelijker dan de zon. We stonden stil, leunden over de reling en staarden naar een zilveren Seine. Twee Afrikanen liepen hand in hand op de kade. Zou God dit allemaal afkeuren? De nacht was er toch niet alleen om een deken over je kop te trekken? Gedijde de liefde niet het best in het donker? Vragen die ik de priester stelde. Ik wilde hem begrijpen, zoals ik een koppensneller wil begrijpen.

De priester keek op zijn horloge. De wijzers gaven licht – dankzij de nacht. En de stelletjes op de brug steunden op elkaar – moe van de dag.

De priester zei iets. Ik kon hem niet verstaan. Het was Roemeens, een gedicht over Parijs, zei hij, als jongeman gelezen. Sindsdien wilde hij er wonen. Hij wees naar de zeven heuvels waarop Parijs was gebouwd, heuvels bekroond met kerken.

En hij keek naar de mensen op de brug – een vredig tafereel. De priester glimlachte. Even verzachtte de bittere trek om zijn mond. Misschien had hij vrede met de stad van zijn dromen. Niet lang... toch leek het me een overwinning.

RUETIL
BOUCHE
D'INCENDIE

PARTIR C'EST MOURIR UN PEU

Van alle appartementen die ik in Parijs huurde, was mijn laatste het mooiste: een lange gang met links vier kamertjes – niet meer dan zestig vierkante meter in totaal – maar elke kamer gaf me de ruimte een ander te zijn: kok in de keuken, gastheer in de eetkamer, lezer op bed (sowieso al goed voor duizend levens) en schrijver achter de tafel in de zitkamer. En dan had ik nog een *cagibi*, een soort alkoof die dienstdeed als garderobekast en rommelhok. Mijn uitzicht was goed voor vele fantasieën: twee kerktorens waar kogelgaten uit de Frans-Duitse oorlog nesten bieden aan tientallen duiven en een oude vrouw die de hele dag liep af te stoffen.

Het uitklappen van haar stofdoek klonk als een koppel eenden op de vlucht, maar dat was niet de reden waarom ik mijn ogen niet van haar af kon houden. Ze was een naaktloopster. Ik heb haar nooit meer dan een stofdoek zien dragen – drie jaar lang, zomer en winter. Ze bukte voor de plinten en zeulde met een keukentrap voor de hoge randjes. Zwiepzwap met haar borsten. Over de tachtig moet ze zijn geweest, maar het huishouden hield haar jong. We hebben elkaar vaak recht in de ogen gekeken en toch zag ze me nooit: mijn overbuurvrouw leefde in een andere wereld. Van de weeromstuit deed ik 's morgens ook geen moeite meer een kamerjas aan te trekken. We deelden ons verval schaamteloos met de duiven.

Ik ben in Parijs al zeker zes keer verhuisd. En niet voor de lol. Noem het een ingewikkelde vorm van opruimen. Ook voor deze verhuizing had ik weer veel door mijn handen laten gaan en het onnodige voor grofvuil of trottoir terzijde gelegd. Het was alsof de dood telkens over mijn schouders meekeek: 'Doe weg. Ga licht.' Wat dat betreft laat ik mijn erven straks een overzichtelijke boedel achter.

Dit keer joegen lekkages me het huis uit – met kringen in het plafond kon ik leven, maar een natte klerenkast ging me te ver. Het huis oogde weliswaar mooi, maar was zeer verwaarloosd. De middeleeuwse kelders schimmelden langzaam maar zeker de trap op. Wat kapotging werd provisorisch opgelapt – niet omdat er geen geld voor was, maar uit een zorgeloosheid waar ik jaloers op ben. *La propriétaire* gaf niet om verf of grondig loodgietwerk. Ze kon er ook geen begrip voor opbrengen dat ik mijn appartement op eigen kosten had laten schilderen. Dat deed je in *le neuf* (een woord dat ze vol walging uitsprak). Nieuwbouw was voor het mindere soort.

Ik huurde een ander appartement. Strak in de verf.

Parijs had me met de jaren geleerd hoe te verhuizen: in augustus, als iedereen met vakantie is en er één bus minder door mijn straatje rijdt. De vorige keer was ik zo dom geweest op een doordeweekse herfstdag te verhuizen en keerden buren en bussen zich tegen mij. Nu zou ik stil vertrekken. Ik had weer een stel kerels opgetrommeld die bereid waren een nacht in hun auto's door te brengen om vrijgekomen parkeerruimte aan de overkant te bezetten opdat de verhuizer de volgende dag zijn vrachtwagen kwijt kon. *Fous*, worden die mannen genoemd, pionnen in het Parijse schaakspel dat parkeren heet. Maar de grootste dwaas was ik. Wat moest ik met al die boeken die ik nooit allemaal kon lezen? En hoe kwam ik aan die achtendertig blauwe bordjes uit Gien? Ik die nog maar zelden ontvang en gewoonlijk staand voor het raam mijn bord leegeet (nog net niet uit de pan). Mijn overbuurvrouw zou ervan kunnen getuigen. Waar was ze trouwens? Ik had haar in de week dat ik mijn hele hebben en houwen in dozen stopte niet één keer gezien. Ook het geklapwiek van haar stofdoek had ik al dagen niet gehoord. Misschien versperden de dozen mijn uitzicht.

Zou ik haar dan zonder groet verlaten? Niet nog even een dansje voor haar doen – in mijn blootje voor het raam?

De verhuizers reden voor. Al mijn levens waren ingepakt – klaar voor een nieuw decor, nauwelijks een kilometer verderop. Het buitenliftje was nog maar net op de stoep geïnstalleerd of de pompiers meldden zich. Met zwaailichten en al. Wat nu weer? Stond het liftje in de weg, zorgden we voor overlast? Nee, niks aan de hand. We moesten alleen wat opschuiven voor een ladderwagen. De verhuizers konden hun gang gaan. Beter dan ze zich konden wensen – de hele straat werd afgezet.

Maar wat zochten die pompiers? Waar was de rook? De ladder zoefde op. Een jongeman met een zilveren helm kwam voorbij. Voetgangers keken op, de verhuizers hingen uit het raam, maar ik had het te druk met stoffer en blik om er te lang bij stil te staan. De monsieur Propre in mij wilde het huis in goede orde achterlaten. Tot ik glasgerinkel hoorde en zag hoe een pompier het raam van mijn overbuurvrouw met een rood bijltje bewerkte. Hij hakte zich naar binnen. Sloeg de splinters van zijn jack en sloot het gordijn. Ik wist niet eens dat ze gordijnen had.

De verhuizers stootten me aan. Ik stond in de weg, nog een kast inpakken en het werk was geklaard. Minuten moet ik naar buiten hebben gestaard. Naar een gebroken ruit en een gordijn waar de wind in speelde. Even later reed er een lijkwagen voor. Inmiddels was de benedendeur van het appartementengebouw aan de overkant ontsloten. Twee kraaien stapten naar binnen, een gooide een grote zwarte plastic zak over de schouder. Ik zag het allemaal aan, stoffer en blik in de hand.

'Zeker weer zo'n uitgedroogde bejaarde,' zei een verhuizer. Hij kwam uit de Auvergne en rook naar stro en stal – in augustus worden de verhuizers van ver gerekruteerd.

'Vorige week was ze nog springlevend,' zei ik.

'Was ze dan zo eenzaam dat de brandweer door het raam bij haar naar binnen moet?' Het klonk verwijtend.

'We zwaaiden wel eens naar elkaar.'

'Bij ons in het dorp zou zoiets niet kunnen gebeuren.'

Ik veegde nog wat vlokken op, de verhuizer sloot de laatste dozen. We hielden beleefd stil toen de kraaien hun lading in de lijkwagen duwden.

Zij verhuisde in een zak.

ADIEU ANNIE

De winkel was onttakeld. Het reclamebord brandde niet meer. De schappen waren leeg, de koelvitrines gesloopt en verkocht. Tegen de muren tekenden zich de stofcontouren van conservenblikken af. Fantoomwaren. Hier en daar slingerde een prijskaartje in francs. Alleen de kassa stond er nog, rechts naast de deur hing een klem met kassabonnen en voor het raam een handgeschreven noodkreet: *URGENT. Betaal voor het einde van de maand uw openstaande rekeningen.* Na dat briefje wisten we het zeker: Annie hield ermee op.

Haar man was al met pensioen en nu ging ze met hem mee terug naar Bretagne – eindelijk rust op haar geboortegrond. Annie, onze vraagbaak, onze pratende krant. Annie was het hart van de rue du Cherche-Midi. De straat waar mijn Parijse avontuur begon en waar ik na een jaar vertrok om een kilometer verderop wat groter te kunnen wonen. Maar bij Annie bleef ik komen – voor een onbenullige boodschap, maar vooral voor een praatje. Uiteindelijk keerde ik zelfs weer terug naar haar buurt. Ik werd er als een verloren zoon binnengehaald. En ik zag weer hoe Annie een arm om een snikkende huisvrouw sloeg, hoe ze haar man achter de kassa zette om even snel een knoop aan de jas van een verslonsde vrijgezel te zetten. Ze ving nog altijd kinderen op na schooltijd, was sleutel- en pakjesdepot voor de buurt. Zes dagen in de week open en voor haar zwervers zeven dagen in de week: voor hen stond altijd een doos met gebutst fruit onder de luifel, en vleeswaren met verlopen houdbaarheidsdatum. Annie begreep het harde leven in de metropool. Ze had asfalt onder haar nagels. Hoe konden we zonder haar? Wat moest ze daar in het groen van Bretagne?

Ze nam afscheid op een vrijdagavond. Honderden mensen stonden voor haar in de rij: stokoude dametjes, mannen in kantoorpak – tas nog in de hand –, de dokter, de professor, een uitgever. Het flinterige meisje van Le Palais des Thés drong voor. Arm in arm met een pater uit een naburig tehuis voor gepensioneerde dominicanen, een knoestige man die ik vroeger vrijwel dagelijks bij Annie tegenkwam en aan wie ik in een overmoedige bui eens had gevraagd wat hij overdag zoal deed. 'Dan bid ik voor uw zonden,' zei hij. Ik schaamde me nog ook. Nee, dan liever aangeschoven bij twee nonnen uit de rue du Bac, ook vaste klanten. Zij waren lange rijen gewend: ooit verscheen in hun stadsklooster Maria aan een jonge non en sindsdien was hun kerk een bedevaartsoord. Ze verkochten gezegende medailles tegen allerhande kwalen. Maar voor pleisters en suiker moesten ze gewoon naar Annie.

De winkel was te klein voor alle klanten. We recipieerden op straat die avond. De Bar des Amis ging met quiches rond, Annie schonk champagne. Twee meisjes klommen op een aangesleepte tafel en zongen een speciaal voor haar gemaakt liedje. Een van de buren had aan zijn balkon een kartonnen hart gehangen met de tekst: *Annie on vous aime!* Het dagblad *Le Parisien* stuurde een fotograaf.

Na de toespraak en de overhandiging van het klantencadeau (twee tuinstoelen) viel er een stilte. Annie keek zenuwachtig de straat in. Het wachten was op een bijzondere gast. Er werd over en weer gebeld. Gefluisterd: Kwam de burgemeester nog? Of de premier? Zijn kinderen speelden wel eens bij de bovenburen... Nee. Monsieur Dubois was in aantocht. Dat die man nog leefde, met dat open been! En waarom had hij zich dan nooit meer vertoond? We reageerden blij en opgewonden. Ach, arme Armand Dubois, ooit als postbode in de buurt begonnen en uiteindelijk als clochard bij onze brievenbussen blijven hangen. Hij kende de halve buurt bij naam. Kinderen renden naar de hoek van de straat om te kijken waar de clochard over wie ze thuis zoveel hadden gehoord toch bleef...

Annie liet ons niet langer in spanning: ja, ze had gehoopt ook monsieur Dubois te kunnen ontvangen, maar er was iets misgegaan met het vervoer. Of misschien zag hij er toch te veel tegen op. Ze had hem een paar keer opgezocht in een tehuis voor dakloze mannen. Zijn zieke been was afgezet, het ging hem goed daar, al had het hem moeite gekost weer met mes en vork te leren eten. Hij genoot van zijn zachte matras. 'Monsieur Dubois verdween uit ons straatbeeld,' zei ze plechtig, 'maar hij verdween nooit uit onze herinnering. Ook ik verdwijn, maar u blijft allen in mijn herinnering. Ik hoop dat het wederzijds is.' Ze slikte haar tranen weg en hief snotterend het glas. We waren ontroerd. Ik beet op mijn onderlip. Dit is mijn straat, dacht ik, en toch zal ik er niet lang blijven. Dat wist ik. Juist die avond. Ik was maar op doortocht, zoals altijd. Wat was mijn verblijf in Parijs anders dan een passage om naar terug te verlangen?

Annie heeft haar winkel aan twee Tunesiërs overgedaan. Harde werkers, die zes dagen in de week van acht uur 's morgens tot twaalf uur 's nachts open zijn. Ze bewaren onze sleutels en pakjes, maar je kan er niet op de pof kopen. Soms jammert er een Arabisch deuntje achter in de winkel. Heimwee op het ritme van deinende kamelen. Annie heet nu Ali.

FAUSTO

Laat het regenen in Parijs, laat het zondag zijn en laat me langs de stalletjes dwalen, achter de Périphérique bij Porte de Clignancourt. Wie weet stuit ik op een vergeten schilder of herken ik een Hollands landschap van een in Frankrijk onbekende meester. Geluk in een lijst. Maar ik vind niks. Wil vooral niks. De mooiste landschappen hangen in mijn hoofd.

Het is lunchtijd. De weekendantiquairs trekken een fles open en verschuilen zich met een bord op schoot achter hun handel. De snuffelaars zoeken een restaurant. Iedereen is met een ander – zo lijkt het – en al die mensen krijgen een tafel, voor de eenling is geen plaats. Een walm van frituur trekt door de straatjes en de schaterlach van vrouwen met te hoge stemmen. En dan, op een stille hoek van de markt, hoor ik ineens accordeonmuziek. Wacht, nee, het huilt anders, het is een bandoneon. Ik kijk op naar een beslagen raam, volg mijn oren, loop een stenen trap op en houd stil voor een met gordijn bespannen glazen deur. Ik hoor mensen klappen. Een vrouwenstem. Achter dat gordijn zal ik niet langer alleen zijn. Ik leg mijn hand op de klink, maar de deur zwaait al open. Een dienster keurt me. 'Vol. Geen plaats.' Over haar schouders zie ik een zwijmelend gezelschap. Wijn gaat rond. Borden worden aangedragen.

Een vrouw zingt *La Bohème*. De bandoneon begeleidt haar. *Nous sommes complets*, herhaalt de dienster. Maar ik laat me niet verjagen, niet weer, nog niet, ik zie een krukje: aan het eind van een lange tafel, naast de muziek. Ik wijs ernaar, met smekende ogen. De dienster zwicht en laat me door. Ik maak me klein, schuif aan, bestel een fles – een heel goeie. Ik draai op mijn kruk en kijk recht in het gezicht van de bandoneonist. Snorretje, scheiding in het midden, hangwangen. De man glimlacht. Een glimlach die hem verraadt: er steekt een jongensgezicht achter zijn door drank verzakte wangen, een gezicht dat ik van vroeger ken. Het is Fausto, de latino. En Fausto kijkt me aan. Alle mensen vallen weg, hun geroezemoes, hun vervloekte gezelligheid. Fausto speelt alleen voor mij. Ik drink mijn fles leeg.

Zou ik de naam van het eethuis nog weten? Chez Nanette? Au Coeur des Puces? En zou ik het straatje terug kunnen vinden? Nee. Wat ik me herinner, speelt in een andere wijk, een andere tijd, toen Fausto zijn haar nog achteroverlijmde en er nog een opgewonden blos op zijn strakke wangen zat. Wie kende hem niet? Fausto, de student zeulend met zijn bandoneon, zanger van het politieke lied, schrijver van bevlogen manifesten. Fausto geloofde in een betere wereld. Wie niet in die dagen? Alles zou anders worden. Vooral ver weg, waar volken nog in knechtschap leefden. Ik verkeerde in die kringen, bij toeval, omdat ik een in Parijs wonende schrijver vertaalde die ook in bevrijding geloofde. Ik wilde vooral mijzelf bevrijden.

Fausto resideerde in een kroeg achter de rue du Faubourg Saint-Antoine. De halve nieuwe wereldregering kwam daar bijeen. De getrouwen dronken er op rekening, onder een verzonnen naam, eigenhandig door de baas op een schoolbord geschreven. Om de schuld in krijtstreep bij te houden. Zo dronk ik er met Poubelle (die verschonen en wassen burgerlijk vond) en Phare (een roodharige anarchiste met een hazenlip). Ik wisselde van naam. Maar hoe kort ook, die bijnamen verlosten ons van een verleden.

Waar Fausto zijn naam aan te danken had, wist ik niet, maar het gerucht ging dat het ook de naam van een indianenleider was – een revolutionair die de Franse kranten had gehaald. Onze Fausto beweerde dat de Inca's het socialisme hadden uitgevonden en pleitte voor een gezondere verhouding tussen mens en natuur. Een dramatische pen had hij, vooral als hij gedronken had en zijn zinnen leunend tegen de toog voorlas: 'De indiaanse revolutie zal als een rode gloed over de ruggen van de Andes trekken!' 'Miljoenen harten zullen als een vulkaan hun haat uitbraken!' Zinnen die hem zo opzweepten dat hij halverwege de riempjes van zijn bandoneon lostrok en in spontane zang uitbarstte. We zogen zijn liederen op, zwijmelaars die we waren.

Geroezemoes haalt me uit de droom. De muziek pauzeert. Een dienster stoot me aan. Of ik nog eten wil? Nee, een nieuwe fles. En een drankje voor de muziek. We toosten, de bandoneonist en ik. Ik fluister zijn naam. 'Fausto?'

De man haalt zijn schouders op.

Iets wat onze Fausto niet meer zou kunnen. Ik wist het. Weet het. Maar de muziek wou me anders doen geloven. Een landgenoot was Fausto met een bijl te lijf gegaan. Op klaarlichte dag, toen hij een restaurant in La Roquette verliet. Nu zo'n veertig jaar geleden. Ik moet er nog ergens een knipsel van hebben. Fausto heeft daarna nooit meer kunnen spelen. En zijn revolutie lukte ook al niet. Zijn vader trok zijn toelage in. De vader die zijn vrijheid in Parijs betaalde, bleek grootgrondbezitter in Bolivia te zijn. Dingen die ik later hoorde. Juan heette Fausto in het echt. Hij sleet zijn dagen in een inrichting, tot hij voor een trein sprong.

Soms, alleen op een grijze zondagmiddag in Parijs, wil je van geen heden weten. En zeker niet dromen over een betere wereld. Dan wil je vergeten en vluchten in koopzucht. Of je verzuipen in te zware wijn. Maar dan ineens tilt muziek je op. Muziek die je jong maakt. En dronken van herinnering.

d’ailleurs
nous
sommes
d’ici

IN GESPREK MET DE VOORVADEREN

Nieuwjaar 2006 verschenen in de Parijse metrostations enorme aanplakbiljetten die niet tot kopen maar tot denken aanspoorden: een kop van Paaseiland midden op de Place de la Concorde, een reuzenhand van Fatima in de Tuilerieën en een Garudavogel op een boomtak in de Jardin du Luxembourg. Daaronder de tekst: *Les cultures sont faites pour dialoguer.* Reclametaal. Dubbelzinnige titel ook. De beelden op Paaseiland, de hand van Fatima en de mythologische vogel Garuda zijn inderdaad ooit door verre volken gemaakt en verzonnen om een 'dialoog aan te gaan' – een gesprek met voorvaderen, goden, de profeet, met de mystieke wereld van geloof en verbeelding. Maar de aanplakbiljetten in de metro verwezen naar een andere wereld: de Europese. De hand van Fatima maande: er wonen ook nog andere mensen onder ons, mensen uit een andere cultuur. Laten we met elkaar in gesprek blijven.

Vreemd.

De obelisk die sinds het midden van de negentiende eeuw de Place de la Concorde siert – een geschenk van de in Parijs toen zeer populaire pasja van Egypte, Mehmet Ali – is op het affiche zorgvuldig buiten beeld gehouden. De naald met hiërogliefen hoort zozeer bij het stadsbeeld dat hij Frans is geworden, niet langer vreemd, maar volledig geïntegreerd. Het oudste monument van Parijs, melden de gidsen nu trots: dertien eeuwen voor J.C. De ontwerpers van de geheimzinnige campagne hadden met de modernste digitale technieken beelden uit de verste uithoeken van de wereld in het trotse hart van Parijs geplaatst. Waarom die moeite, dacht ik. Parijs biedt al jaren gastvrijheid aan exotische bouwsels: een Chinese pagode, een boeddhistische stoepa, een Indiase tempel, een steen voor steen uit Noord-Afrika geïmporteerde moskee, een Russisch-orthodoxe kathedraal met fonkelend gouden dak. Mogelijk verbazen die niet meer genoeg. Het vreemde is ingelijfd. Het vreemde in steen althans.

De affiches verdwenen uit beeld. De uitverkoop plakte zich eroverheen. Maar een paar maanden later verschenen ze opnieuw, dit keer op de reclamepilaren in de stad. Alleen de boodschap luidde anders. Fatima, Garuda en de Paaseilandkop kondigden het in juni 2006 te openen Musée du quai Branly aan. Een project van president Chirac, die in Parijs een zichtbaar blijk van zijn politieke ambitie wil achterlaten: een tempel voor de 'kunst van de eerste mens'. Wat voorheen in verschillende musea was verspreid, zou daar voor het eerst worden bijeengebracht.

In de week van de opening verscheen in *Libération* een spotprent van 'Willem' waarop hij uitgeputte Afrikanen tekende die zwemmend de kust van Frankrijk proberen te bereiken. Op het strand staat het ontvangstcomité al klaar: een soldateske brigade van de vreemdelingenpolitie. Excuus van de Afrikaanse zwemmers: *nous venons visiter le musée des arts premiers.*

Een wrange grap, maar tekenend voor het tijdsbeeld. Dagelijks lezen we in de kranten hoe Zuid-Europa wordt overstroomd door vluchtelingen uit Afrika en Azië. Duizenden mannen, vrouwen en kinderen wagen hun leven in gammele *pirogues* voor de oversteek naar een beter leven.

In de week van de opening van het Musée du quai Branly verschenen er ook kritische artikelen over de koloniale kunsterfenis van Frankrijk. Onder welke omstandigheden waren die tentoongestelde schatten eigenlijk verkregen? Ging het hier niet om geroofde kunst? Werd het niet tijd dat Azië, Afrika en Polynesië hun culturele erfgoed opeisten?

Vooral van Afrikaanse zijde klonk forse taal. De discussie was nog maar nauwelijks geluwd of de kleur van de rijen voor quai Branly veranderde: zwarte gezichten dienden zich aan, en opvallend veel Aziaten. De kranten meldden het verbaasd. Kwamen ze hun spullen terughalen? Nee, trots voerde hen naar het museum. Hele gezinnen kwamen naar 'hun' meesterstukken kijken.

Een nieuwe lichting blijkt de weg naar Branly te hebben gevonden: nazaten van migranten die gewoonlijk aan de gevestigde cultuur voorbijgaan en nu wel eens met eigen ogen willen zien waarom de kunst van hun verre voorouders met zoveel tamtam wordt tentoongesteld. De twee keer dat ik er was, liet ik me verdringen door Afrikaanse families die niet zwijgend maar pratend en wijzend naar de vitrines keken. Te veel van wat ze zagen smeekte om verhalen.

'Waarom is dat gezicht wit?' vroeg een jongetje oog in oog met een Fang-initiatiemasker.

'Vroeger schilderden wij onszelf wit om de geesten te misleiden,' zei de vader.

'En kijk eens naar die spijkers in dat beeld!'

'Zo verjoegen wij de pijn.'

De wijsheid van de educatieve bordjes verbleekte bij hun kleurrijke uitleg. Herkenning bepaalde de toon, ook al had men het tentoongestelde nog nooit gezien.

C'est nous, zei een Marokkaanse moeder die voor een vitrine met trouwgewaden stond. *Wij*. Men kwam zichzelf zien.

Hoewel statistieken over kleur en landaard in Frankrijk officieel taboe zijn (we zijn immers allemaal gelijk), wist de Parijse editie van de *International Herald Tribune* te melden dat tien procent van de museumbezoekers uit een migrantengemeenschap afkomstig is. Een ongekend verschijnsel, dat maar weer eens illustreert hoe sterk de oude koloniën het nieuwe Europa kleuren. (Al blijkt dat niet uit de politieke vertegenwoordiging. Slechts negen leden van het Europees Parlement zijn zwart. Negen van de 785, iets meer dan één procent.)

Veel van de bewoners uit die overzeese gebieden zijn trouwens allang Europeanen geworden. Maar hoe geïntegreerd ook, de band met het land en geloof van hun voorouders blijft dikwijls sterk. Hoe meer geld, scholing en vrije tijd, hoe heftiger die cultuur zelfs wordt gevierd. Uit sentiment en verlangen naar een stevige identiteit – al is die soms historisch vals. En zelfs daarin blijken de kindskinderen van migranten volkomen Europees, want ook zij die zich oerburgers wanen, zijn meer dan ooit op zoek naar hun kern – maar dan een van vreemde smetten vrij. Een virus van nationalisme trekt door de lidstaten. Vooral politici en populisten werpen zich op om het eigen land opnieuw uit te vinden. Met al dat dreigende vreemde om ons heen dient de burger zijn geschiedenis te kennen, zijn wortels. Geen volledig burgerschap zonder historische kennis. Stad, Staat en Kerk reiken ons top tienen van culturele wapenfeiten aan. Bulderende canons worden op ons afgevuurd. En als we geen nationaal verleden hebben, omdat het al te zeer verwaterd is, dan verzinnen we er een.

VERLANGEN NAAR EEN IJSBEER

Deyrolle is uitgebrand. Op een februarinacht, in het uur van de wolf, die vage grens tussen duisternis en schemering, waan en werkelijkheid. Duizenden dieren gingen in vlammen op. En niet één die wist te ontvluchten. Klauwen, hoeven en vleugels verpulverden tot as. In stilte. Al wat kermde was het parket en het eeuwenoud gebint van een zeventiende-eeuws hôtel particulier. Alleen de krantenkoppen schreeuwden het een paar uur later uit. *Le Figaro* liet de lezers huiveren bij een foto van een verschroeide zebrakop – met een tong als een gesmolten lolly. Het journaal zoemde in op een smeulend paard.

Deyrolle: ouderen kennen de naam van de schoolplaten met exotische planten en dieren die ruim een eeuw lang in het onderwijs werden gebruikt. En al wat op die platen stond afgebeeld, was bij datzelfde Deyrolle ook te koop. Geprepareerd, gedroogd, hangend aan een naald of dobberend in sterk water. Je kon er je kat laten opzetten of je kanariepiet.

Deyrolle wilde graag een winkel zijn, maar werd zonder het te willen vooral een museum. Het curiositeitenkabinet was een geheimtip van de eerste orde. Je moest er een trap voor op en passeerde dan halverwege een paard dat zijn hoofd door een raampje stak. Had je eenmaal de snuit van dat paard geaaid, dan deinsde je ook niet meer terug voor de duizenden glazen ogen die je verder nog wachtten. Want of het nu een leeuw was, een krokodil, aasgier, beer of olifant, al die ogen leken uit dezelfde pot te komen. Stuiters vol onschuld keken je aan – in broederlijke poses, dankzij magen vol stro. Ik woog er een vogelspin in mijn hand, maar aaide ook zeldzame skeletten, fossielen en zaden. Er hing een haai met gesperde kaak aan de zoldering, vredig naast een condor gestold in zijn vlucht. Op een bovenste plank soesde een lynx met kwastjes aan zijn oren, op klauwafstand van de strot van een mottige giraf. De vloer kraakte als in een spookhuis. Maar echt eng wou het bij Deyrolle nooit worden. Tussen al die vlinders met vleugels ter grootte van een opengeslagen boek waande je je eerder bij *Prikkebeen*. Of bij *Alice in Wonderland*, want ook bij Deyrolle droeg de haas een hoge hoed en zaten eenden, konijnen en kippen aan de thee. De wreedheid van jager en stroper was er weggeschminkt.

Hoe vaak liet ik dat opgezet hiernamaals niet aan mijn vrienden zien. Zal ik een ezeltje kopen, vroeg ik hun dan, of een ijsbeer, als bijzettafel aan het voeteneind van mijn bed? Het moest toch heerlijk zijn je schone overhemd op zo'n witwollen rug te kunnen leggen. Mijn vrienden griezelden bij de gedachte, maar het enige dat mij weerhield was de prijs van om en nabij de twintigduizend euro.

Een dag na het brand meester stond ik voor het pand. Een medewerker ontfermde zich juist over een zebra, de geblakerde held die de krant had gehaald. Het zwart had het van zijn wit gewonnen. Wij bogen het hoofd. Keurige dames in kaplaarzen droegen verschroeide folianten naar buiten. Vrienden achter het dranghek boden hun handen aan. 'Wat kunnen we doen!' 'Het is of je eigen huis afbrandt.'

Een jongedame wier kantoor om de hoek lag, wist ons te vertellen dat de oude mevrouw Deyrolle een paar jaar terug ten einde raad was omdat de brandweer het pand dreigde af te keuren. Madame had nooit iets aan de winkel willen veranderen, trouw als zij was aan het erfgoed van haar voorvaderen die zich midden negentiende eeuw als taxidermisten in de rue du Bac vestigden. Ze kon de renovatie niet betalen. Sluiting dreigde. Het kabinet verstofte en de opgezette dieren pinkten een traantje bij de thee. En toen schoof er een prins aan tafel, als in een sprookje: Louis Albert de Broglie, grondlegger van een keten luxe tuinwinkels (waar de cache-pots en gieters een namaakfamiliewapen dragen en de koperen harkjes een croupier waardig zijn). Le Prince Jardinier kocht de zaak op en beloofde madame Deyrolle het pand met respect te restaureren. Leidingen werden vernieuwd, vloeren en plafonds verstevigd.

Wij omstanders konden het beamen: Deyrolle was niet lang geleden in oude glorie hersteld. (Al miste ik het krakend parket.)

En wat was nu de oorzaak van de brand?

Kortsluiting.

Onder de heelheid sluimerde een vonk.

We zagen een gelaarsde man naar binnen lopen. 'De prins... de prins,' fluisterde een dame achter mij. Even later zetten medewerkers een tafel op de stoep en werden omstanders uitgenodigd hun medeleven in een speciaal daartoe bestemd album te noteren. Tientallen stapten naar voren.

De volgende dag was het album al voor een derde vol. Ik bladerde door de hartenkreten: ‘Courage.’ ‘Wij leven met u mee!’ ‘Bouw het weer op,’ schreef een bibberende hand, ‘opdat ook mijn kleinkinderen zich later Deyrolle kunnen herinneren.’

Sommigen schreven herinneringen op.

Ook ik had er een: Ik zag het meisje weer, ze kwam met een zak de winkel in. Haar vriend had een zwaan doodgereden. Per ongeluk. Ze trok het kadaver uit de zak. Opvallend wit was het en zeer stijf, maar de geknakte hals paste haar als een sieraad.

Ze wilde hem laten opzetten en onderhandelde lang over de prijs. Zweefde die zwaan nu boven haar bed?

Weken na de brand – ik heb me inmiddels geabonneerd op de nieuwsbrief – lees ik dat enkele klanten hun opgezette dieren al of niet tijdelijk hebben afgestaan om het curiositeitenkabinet weer aan een collectie te helpen. Ja, de prins zet door! Het kabinet zal volledig worden gerestaureerd. Had ik me toch maar over die ijsbeer ontfermd, dan had ik ook een vorstelijk gebaar kunnen maken.

Leo&Pipo
Leo&Pipo

WANDELEN MET LOUIS COUPERUS

De wandelaar in Parijs kan zich elke dag een ander doel stellen: Middeleeuwen, revolutie, negentiende eeuw, art deco, industriële architectuur, futurisme, armoe, rijkdom, commercie, erotiek... Een land na-wandelen kan ook: India (boven het Gare du Nord), Senegal (rue Mahy of Chateau d'Eau), Egypte (langs faraokoppen en obelisken). Parijs biedt honderden decors. Maar het liefst loop ik in het voetspoor van een schrijver: Proust, Baudelaire, Strindberg (die in Parijs stapelgek werd en daar in *Inferno* prachtig over schreef). Als je niet oppast, wil je na zo'n tocht net als Baudelaire je haar groen verven (een pesterig ventje was het), of *madeleines* eten à la Proust (en ratten de ogen uitbranden, omdat het gepiep hem zo opwond). Ja, schrijversvoeten kunnen je *ratgek* maken.

Maar is dat niet de lol van het wandelen? Grenzen overschrijden en buiten jezelf raken? Ik ben ook Wagner geweest, die in het zesde arrondissement in zeker drie straten met een plaquette bedacht wordt en ik heb deunen *Fliegende Holländer* in de rue Jacob gefloten.

En nu gloeien de blaren op mijn hielen van een middag Louis Couperus spelen – Nederlands grootste dooie schrijver (inclusief de levenden). Nooit geweten dat ie in Parijs probeerde te wonen. Najaar 1890. Hij liet zich er zelfs voor uit Den Haag schrappen, want hij was van plan nooit meer naar Nederland terug te keren.

Het werd een mislukking. De schrijver verkeerde die maand van zijn verhuizing in een existentiële crisis, werkte weinig en ging gebukt onder zijn 'smart' – vermoedelijk een verboden homoseksuele liefde. Hij betrok een achterkamer in de rue Pasquier (niet ver van Gare Saint-Lazare):

> op de tweede verdieping van een groot huis; de kamer somber, de meubelgordijnen eenvoudig terzijde geschoven, somberrood. Voor het glas bloemen van guipure; de vensters gaan als glasdeuren open naar binnen, met een roestig verguldden kruk; een ijzeren balconhekje krinkelt er laag voor, met éene zelfde arabesk rechts en links [...] Over den muur van den cour heen zie ik de façades van de rue de l'Arcade. (Beschreven in een brief aan zijn vriendin Marie Vlielander Hein, zie *Louis Couperus, een biografie* van Frédéric Bastet.)

De aanbevelingsbrieven om zich te komen voorstellen aan bekende schrijvers als Zola, Goncourt en Massenet bleven in zijn geliefde houten koffer. Hij voelde zich te nietig, dwaalde maar en miste zijn familie. Aan zijn zus Trudy in Indië schreef hij:

> Ik ben nu in den Foyer der beschaving en ik vind het leven hier zoo afgesleten, zoo onfrisch, zoo zonder eenigen geur van jeugdig mooi. Parijs lijkt me een oude, vuile stad, waar de verguldsels der café's en theaters, de cosmopolitische warwinkel der boulevards, de

> fiacres en de cocottes, allen oud, vuil, afgesleten zijn; een navrante boel, waar het iemand een kwelling is in te leven. O, natuurlijk, er is hier 'Kunst' en 'Beschaving', jawel, o God! jawel, ik weet dat, maar leef er eens in,... en toets, wat je hier vindt aan je eigen ideeën, aan je illusiën, wat een déceptie!...

Couperus stoorde zich vooral aan de wijze waarop de vrouwen zich kleedden. Zo had hij in de loge van de Grand Opéra gehoopt 'de nieuwste creaties van Worth en Doucet te kunnen bewonderen', maar de mondaines hadden oude jurken aan.

Ook op straat liepen de Parisiennes er in zijn ogen slordig bij. Hij heeft in Parijs slechts één schets over zijn mislukt verblijf geschreven: *Een verlangen*, waarin de hoofdpersoon lange zwerftochten door de stad maakt. Ook in brieven naar familie rept hij van 'kolossale wandelingen': '[...] ik amuseer mij dan om naar de namen van de straten te kijken en maak alzoo een locale studie van Parijs [...].' Hij vindt het er koud en eenzaam: 'alsof Parijs de Sahara is.' Toch heeft hij geen ogenblik berouw dat hij naar Parijs gekomen is; hij moest zich losscheuren uit Den Haag – vermoedelijk om te ontvluchten aan de liefde die vriendschap heet.

Begin januari 1891 keert Couperus terug naar Den Haag, omdat zijn oom en tevens de grootvader van zijn nichtje Elisabeth Baud overlijdt. Een noodlot dat hem in haar armen drijft. Later zal hij een 'blank huwelijk' met haar aangaan.

Arme Couperus! Hoe kan ik die geniale zeurpiet alsnog van Parijs laten houden? Hij, die een held van mijn jeugd was. Ik mocht hem graag nadoen (pas op, want straks ga ik ook nog schrijven zoals hij – al kan ik in zijn schaduw niet staan). Want ja, lezer, de grote Couperus is bij mij op school geweest, verkleed als de voordrachtskunstenaar Albert Vogel. Ik zie de acteur nog staan, de benen, *trois-quarts*, met een malle zwarte bril. Hij sprak naar eigen zeggen hetzelfde 'geciseleerde' Haags als de schrijver. 'Louis Couperus was wel natuurlijk, maar niet gewoon. Als het rijtuig hem naar een visite voerde, hield hij beide handen omhoog voor het raampje, opdat het bloed eruit zakte en hij met mooie bleke vingers onder de mensen kwam. Zijn gewapper maakte diepe indruk op de Haagse burgerij.'

Albert Vogel deed het overdreven na, heel gemaniëreerd. Literatuur en toneel vielen samen. Als Couperus een lezing gaf, droeg hij aan elke vinger een ring. En hij vijlde zijn nagels, scherpgepunt. Maar wat men toen in Den Haag het allerergste vond: als hij een signatuur in een boek zette, deed hij dat met lila inkt. Een man, die schreef met lila inkt!

God, wat is Couperus bespot tijdens zijn leven, om zijn nagels, zijn ringen en... zijn lila inkt. Maar in Nice, waar de schrijver later vaak vertoefde, was lila inkt heel gewoon, zei Albert Vogel. Voor een scholier, opgevoed in Hollandse degelijkheid, waren dat opwindende verhalen. Ik ging hem lezen. En ik kocht een potje lila ecoline. Couperus voerde me mee in een grotere wereld, een grotere taal. Zo wilde ik leven. En wandelen. Kolossaal wandelen.

Ik liep naar de rue Pasquier. Een straat van niets, al noemt de kapper op de hoek zich 'Allure'. Nog net zo saai als kort na de bouw, midden negentiende eeuw, toen fotograaf Charles Marville deze in opdracht van de stad Parijs fotografeerde. Baron Haussmann ('le champion du vandalisme urbain') had kort daarvoor de laatste volkswijken uitgegumd om er statige boulevards doorheen te trekken. Ook op de foto van Marville viel geen hond te bekennen. Voor oude jurken hoef je niet naar de Opéra: je ziet ze in horden om de hoek bij Gare Saint-Lazare. Hoeren tippelen daar. Ik wandelde met opgeheven hoofd, het oog tweehoog, gericht op 'krinkelende balkonhekjes', ook al wist ik dat Couperus op de cour uitkeek. Misschien vond ik een huis in die stijl. Maar alle gevels krinkelden – het was de krulbouwtijd. Ik zat op een mossig bankje in het parkje rond de chapelle expiatoire, waar Louis XVI en Marie-Antoinette, voor ze naar de koninklijke grafkelders in Saint-Denis werden overgebracht, tweeëntwintig jaar gastvrijheid onder de grond genoten – het hoofd los van de schouders. Marcel Proust, die om de hoek op de boulevard Haussmann woonde, op nummer 102, keek erop uit. Maar de heren hebben elkaar nooit gekruist.

Zat Couperus op mijn bankje? Ik riep zijn geest op in mijn aantekenboekje – met rode inkt. Sorry. Hij gaf niet thuis. Ook niet na een glas bij Le Louis en Le Bourbon. Hoe kon ik dichter bij hem komen? Twee keer liep ik zijn straat op en neer, tot ik aan de kant van Malesherbes een deftige Engelse schoenwinkel zag, een vestiging van Crockett & Jones. Er lagen lila sokken in de etalage. Ik snelde naar binnen en kocht twee paar. Mijn tenen krulden van verlangen. Na zo'n aanschaf kwam Couperus al nader en ik stoomde door naar Hédiard op de Place de la Madeleine, om een bittere marmelade te kopen (in een zakje met fluwelen strik). Het was nog maar een klein stukje naar de Tuilerieën. Ook daarover schreef Couperus, dertig jaar later (1921), in de toen nog fatsoenlijke *Haagsche Post*:

> 'Jij houdt niet van Parijs', verwijt mij telkens aldoor mijn vrouw. Hoû ik niet van Parijs? Ik durf het zelf niet zoo driest verklaren. Ik geloof, dat het dit is: Parijs blijft

altijd wat vèr van mij, Parijs neemt mij niet op;
ik blijf altijd op visite in Parijs als bij een heel hooge,
heel elegante, heel genadige vorstin [...].

Maar uiteindelijk omarmt hij Parijs in de 'Tuilerieën-tuinen', gezeten 'op een bankje', tussen 'pompeuze paleizen, vazen, standbeelden', met 'allereenvoudigste menschen' om hem heen. Hij ziet de scheefgelopen hakjes van de modinettes, raakt ontroerd door hun bleke gezichtjes en doorprikte vingers en droomt ervan hun een cadeautje te geven:

Wat zoû je zoo een kind gelukkig maken als je haar,
zonder verdere bedoeling, op die bank in eens een
bankje van 100 fr. zoû reiken en beleefd zeggen:
wil u zoo vriendelijk zijn hiervoor iets te koopen,
dat u prettig vindt om te hebben? En dan weggaan,
na je hoed te hebben afgenomen. Ik heb het nog
nooit kunnen doen!

Ze waren niet opgestaan, die eenvoudige mensen. Ik deelde mijn bank met afgesloofde winkelmeisjes. We praatten over Parijs en ik liet ze mijn lila sokken zien.

Morgen zal ik ermee uit wandelen gaan, met die sokken. Ja, ik heb Parijs zeer lief. Ik leef erin!

JUMBO VOUS
OFFRE JUSQU'À
100MIN*
pour vos appels
+1 TUPPERWARE GRATUIT
JUMBO®
www.jumboeurope.com
Même goût, maintenant
avec de la Vitamine A.
Produit Original Africain

VADERS LIJST

Een Hollandse vriend, net tachtig maar nog een jongen in zijn plannen, stelde me voor 'samen het lijstje van vader af te werken'. Voor zijn afstuderen – begin jaren vijftig – kreeg hij van zijn vader een reis naar Parijs aangeboden, met een welgevulde envelop waarop in zwierig handschrift een aantal restaurants werd aanbevolen. Wel tien raadde vader hem aan en zoonlief had ze allemaal braaf bezocht. Drie in Montparnasse, twee in Saint-Germain, een achter de Place Dauphine, een op Île Saint-Louis en een handvol verspreid aan de rechteroever. Vaders envelop verdween tussen de souvenirs en zou allang vergeten zijn als hij niet onlangs uit een boek viel. Een stille wenk, volgens mijn vriend.

Parijs riep.

O, wat zou hij daar graag een weekje willen zwieren. Nog een keer zijn jeugd proeven, voor de rollator hem aan banden legde. Zou ik hem niet een paar avonden willen vergezellen? Smekende e-mails ontving ik, ook Skype werd ingezet en mijn oudere vriend vond het maar achterlijk dat ik geen webcam had.

Ik zwichtte en we googelden vaders lijstje. Meer dan de

helft van de restaurants bleek nog te bestaan: Elzasser brasserieën, een Italiaan, een Rus en een paar *crèmeries* waar naast wijn een keur aan kaas en worst en ham wordt aangesneden. Mijn vriend kreeg de smaak te pakken en reisde af in een wijde broek met rode bretellen. Wij wandelden een week van tafel naar tafel, als culinaire archeologen die het verleden van de borden schraapten. Tot mijn vriend in Montmartre een blauw oog opliep. We waren nauwelijks halverwege de lijst. Ineens smaakte het verleden niet meer. Misschien kwam het door de wijnen die mijn vriend had gekozen, mooie jaren die bij het proeven een glimlach op zijn lippen brachten. Grote gevoelens dronk hij daarbij los. Zijn verleden speelde op.

Het begon in een eethuis, een *rencontre des artistes* – zo prees het etablissement zich aan. Ernest Hemingway had er nog gegeten. ('Heel goedkoop', had vader er als aanbeveling tussen haakjes bij geschreven.) De muren hingen vol schilderijen en de kaart was artistiek versierd, maar de avond dat wij er waren bestond het cliënteel voornamelijk uit toeristen. Vaders tip had kennelijk ook de reisgidsen gehaald. Het menu was volgens mijn vriend nauwelijks veranderd. (Alleen de prijzen waren gekatapulteerd.) We bestelden een *poireau vinaigrette* en *magret de canard*, gerechten die al generaties over de tong gaan. Mijn vriend proefde met gesloten ogen – ja, zo smaakte de eend die hij in de oorlog had gegeten. Als vijftienjarige met zijn vader op de vlucht naar Zwitserland, onderweg schuilend bij Franse boeren. Om die gastvrijheid was hij altijd van Frankrijk blijven houden. Had ie dat nooit eerder verteld? Hoe ze in Parijs valse passen kregen? Mijn vriend fluisterde – *Feind hört mit*. Zijn moeder en zusje waren onfortuinlijker, die kwamen niet verder dan België. (Dat wist ik, maar verder durfde ik nooit te vragen.) De eend op ons bord vloog over dood en leven.

We bestelden nog een fles en merkten niet dat wij de laatste gasten waren. Bij het weggaan liet mijn vriend tevreden zijn bretellen klapperen, hij moest en zou de hand van de kok schudden. De keukendeur stond op een kier, we zagen drie Afrikanen kliekjes in plastic emmers lepelen. *Un grand merci*, riep mijn vriend hun toe. Opgepotte sentimenten kwamen vrij, hij zocht naar de portemonnee in zijn achterzak, maar de ober sloot de keukendeur. Het waren invalkrachten.

We vergaten het beeld. De volgende avond bogen we ons over een andere kaart, in een ander restaurant van vaders lijst. Opnieuw liepen de herinneringen mijn vriend over de tong. De flageolets smaakten naar een tante, de vissoep naar een avontuur in Marseille. En zo reisden we en ouwehoerden we en bleven we jong. En weer zagen we zwarte gezichten, ditmaal achter een doorgeefluik. Mijn vriend stak zijn hoofd door het luik, bedankte nadrukkelijk en vroeg waar de mannen vandaan kwamen. 'Mali.' 'Sri Lanka.' 'Benin.' Grote grijnzen, stralend witte tanden. Onze belangstelling voor het keukenpersoneel werd niet op prijs gesteld. We stonden buiten voor we het wisten.

'Zwarte kerels achter de pannen, dat zag je vroeger toch niet.' We besloten nog een afzakkertje te halen op een terras in Montparnasse. Achter onze ruggen werd nog gesoupeerd; al nippend aan een *armagnac hors d'âge* zagen we zwart personeel uit een zijdeur glippen, haastig richting laatste RER.

'Mannen met valse papieren,' zei mijn vriend. 'Zie je aan hun rug.' Hij trok zijn kraag op en rilde.

We lazen de kranten slecht die dagen en televisie keken we nog minder – het eten nam ons in beslag – maar het toeval wilde dat er die week in Parijs een opstand onder keukenpersoneel was uitgebroken. Zo'n duizend koks, afwassers en obers hadden hun vaatdoek in de ring gegooid en contact met de vakbonden gezocht. Een moedig protest, zo bleek, want het waren illegalen die naar buiten traden – voor het eerst. De kranten tekenden hun verhalen op. Volgens de vakbonden ging het hier niet zozeer om zwartwerkers die ver onder het minimumloon hun diensten aanboden, maar om illegale immigranten die op basis van geleende of vervalste papieren wel degelijk belasting en sociale lasten betaalden, inclusief ziekteverzekering. Ze genoten alleen geen juridische bescherming en medische zorg omdat ze officieel niet bestonden. De Parijse horeca maakt veel gebruik van deze 'grijze' werkers.

We hoorden het nieuws pas in het voorportaal van een vermaard restaurant in Montmartre. Wegens staking van het keukenpersoneel werd er die avond niet gekookt. De obers boden teleurgestelde bezoekers een glas champagne aan. Wij doken een café in en spelden de daar rondslingerende kranten. In totaal zouden er een half miljoen illegale werkers in Frankrijk actief zijn. Een conservatieve schatting volgens *Le Monde*, het konden er ook dubbel zoveel zijn. De commentaren spraken schande. Het betrof hier immers immigranten die werk verrichtten waar de Fransen hun neus voor ophaalden – zelfs schoolverlaters – en dat in een land met een van de hoogste werkloosheidscijfers in Europa.

Vive la grève, zei mijn vriend toen een zwarte ober de vuile glazen op kwam halen. Hij wees naar de artikelen over de staking. Wat vond hij er nu van?

'Een schande!' zei de ober. 'Illegalen ondermijnen de markt, laat ze naar hun eigen land gaan. Frankrijk is vol.'

Mijn vriend sputterde tegen. Maar de ober keek hem wantrouwend aan en liep ronde na ronde aan ons voorbij. Wenken hielp niet. Luid bestellen evenmin. Ik wou weg, maar mijn vriend moest en zou die ober spreken. Voor ik hem kon tegenhouden, liep hij achter een dienblad rinkelend glaswerk aan. Hij ging mee de trap af, richting kelderkeuken, die zich volgens frisse Franse traditie naast de plees bevond. Ik daalde bezorgd mee af.

Het was vol daar beneden. Afwassers. Een man die hompen paté in plakken sneed. En veel kant-en-klare troep in plastic emmers. Mijn vriend wou 'eigenlijk alleen maar handen schudden' (zei hij achteraf). En de mannen courage wensen: ze moesten zich vooral niet in een hoek laten drukken. Ze waren pionnen in een ingewikkeld schaakspel. Op drift. Net als zijn voorouders. Hij haalde de geschiedenis erbij. Grote ogen keken hem aan. Waar had die vreemdeling het over?

Opeens stond de baas voor ons, een buikige barman. Geduw. Een elleboog die 'per ongeluk' uitschoot en het linkeroog raakte van mijn vriend. Grote woorden. Maar al snel susten we de zaak met een drankje. De affaire had niks om het lijf. Ik kon het niet genoeg herhalen. Mijn vriend kreeg nog een zakje ijsblokjes mee, voor zijn oog. Maar het blauw leek naar binnen geslagen, hij rilde – en in zijn angstige rug zag ik een jongen van vijftien, bang voor het tuig dat hem opjoeg.

De volgende morgen bogen we ons nog eens over vaders lijstje. In mijn vaste koffiehuis. Mijn vriend had zijn rode bretellen afgedaan. Hij verkoos kleurloos te zijn. Minder zichtbaar. We lazen in de krant dat ook de kindermeisjes en werksters zich met hun valse contracten bij de prefecturen hadden gemeld.

Het broeide in de keukens en kinderkamers van Parijs. En de acties leken succes te hebben: het illegale personeel van Café de la Jatte in Neuilly-sur-Seine – met als oude vaste klant voormalig buurtbewoner Nicolas Sarkozy – had zich met de baas bij de politie gemeld en na het nodige palaver kreeg de voltallige keuken een werkvergunning voor drie maanden.

Mijn vriend overwoog de rest van het eetgeld in de stakingskas te storten. Hij wilde alsnog een daad stellen.

'Mensen voor zichzelf laten opkomen is ook een daad,' zei ik laf.

Mijn vriend is alweer weken weg, maar zijn bezoek heeft toch iets in mijn gedrag veranderd. Bij het verlaten van een restaurant – of als ik moet plassen – kijk ik altijd even naar keukendeur of doorgeefluik. Ik weet nu dat de afwasser om de hoek geen Samma heet maar Tiessourou. En Babba de kookster in het couscous-lunchcafé tegenover is helemaal geen Marokkaanse (dat leek haar veiliger). Ze komt uit Mali en heet Gbessa-Riz-Blanc.

Je geboortenaam dragen, ook dat is soms een daad.

ROUW IN DE KEUKEN

In de jaren zestig was de deur van Musée Nissim de Camondo altijd gesloten. Bezoek diende aan te bellen. Het kon minuten duren voor de conciërge aan kwam sloffen. Een man in stofjas leidde je humeurig langs de collectie tot hij er genoeg van kreeg en dan had je het rijk alleen. Tegenwoordig heeft het museum een kassa, bewaking, en zelfs een folder die je langs de verzameling voert.

Ik kom graag in het huis van de familie De Camondo – niet voor de kunst maar voor de keukens onder de salons. En voor de badkamers daarboven. Met een beetje geluk ben ik nog altijd de enige bezoeker en kan ik er ongestoord fornuizen aaien – geschikt voor het grootste gebraad – of mijn neus in een voorraadkast steken. Muf. Toch ligt er nog voor minstens twee diners aan briketten opgetast. Maar de gasten zijn naar huis en zitten nooit meer aan – hun namen staan vergeeld in het logboek waarin menu's werden bijgehouden: wie at wat en met wie? De kranen in de badkamers geven geen water meer en in de werkkast hangen schorten zonder vlek. Het tegelwerk is strak en rijk; elk woonvertrek bekleed of betimmerd, stadsgeluiden dringen er niet door, het enige dat ik hoor is een echo van eenzaamheid en die moet ook hebben geklonken toen de heer des huizes er na een ontvangst alleen de trap op ging. Want Comte Moïse de Camondo mocht dan de halve Franse kunstwereld aan zijn tafels uitnodigen, zijn huis was al bij zijn leven een monument voor de doden.

De documenten en foto's in zijn privévertrekken vertellen het verhaal: geboren in Istanbul (1860), zoon van de eigenaar van een der grootste banken van het Ottomaanse rijk, op zijn negende aangekomen in Parijs en al jong getraind in de kennis van 'schone kunsten'. Zo kwam de emigré – een Turk en Jood bovendien – in de juiste milieus. De Italiaanse koning verhief hem in de adelstand, maar aanzien bij de haute bourgeoisie won hij pas door het verzamelen van voorwerpen van beroemde doden: een stoeltje van Marie-Antoinette, een snuifdoos van Lodewijk XVI, koninklijk Buffon-porselein, een Japanse fles van Madame de Pompadour, wandpanelen van de Comte de Menou, Russisch zilverwerk, tapijten en honderden schilderijen – veelal adellijke bezittingen die na de Franse Revolutie op de markt kwamen... en om die verzameling heen liet hij in 1911 een achttiende-eeuws huis bouwen, een herinnering aan Le Petit Trianon in Versailles, een pronkstuk in een wijk van nieuwe rijken.

Vandaag de dag wordt zijn schepping geroemd als 'het enige Parijse woonhuis met een authentieke achttiende-eeuwse inrichting'. Het zal best, maar het is wel een morsdode boel – al tikken er klokken en ligt er een opengeslagen courant op het bureau. Moïse de Camondo woonde in onpersoonlijke stijlkamers. De verworven schatten verraden weinig over hemzelf, behalve dan zijn oog voor detail en de liefde waarmee hij heeft verzameld. Maar misschien weten we te veel als bezoeker: Moïse had het huis nog maar net betrokken of zijn zoon Nissim stortte neer bij een luchtgevecht. En zo kreeg het huis een andere bestemming: het moest een monument worden voor zijn omgekomen zoon. En van monument werd het een museum, opdat zijn naam nooit vergeten zou worden. De bezoeker ziet Nissim nu op sepiafoto's te midden van de familie of alleen in uniform, als stoere vliegenier in de Eerste Wereldoorlog, kort voor zijn val. We lezen de condoleancebrief van Proust – een graag geziene gast in huize De Camondo. We ontdekken zijn initialen op een benen haarborstel. Ik rook eraan en was ontroerd. Niet om de zoon, maar om de geest van vernietiging die om de verzameling hangt. Geen kind op de foto's is nog in leven, zelfs geen nazaat. Niet één De Camondo is uit de Duitse concentratiekampen teruggekomen. Wat rest zijn bezittingen van in de Franse Revolutie vermoorde personen – verzameld door een man wiens hele familie is vermoord.

Bij elk bezoek kijk ik aandachtig naar een foto van dochter Beatrice te paard in het Bois de Boulogne, genomen in een bezet Parijs. Ze weigerde een Jodenster te dragen: ze was immers Française en haar vader een man van verdienste. Ik bewonder haar trots zo. En toch kom ik niet voor haar of haar broer. En nog minder om de verzameling. Ik zoek er de heelte. Een perfectie die niks met kunst te maken heeft: het wit-lichtblauw geblokte tegelwerk in de badkamers, de verwarmingsbuizen, de bedrading van het belsysteem om het personeel te ontbieden, de verborgen bediendentrappen. Alles is van de beste kwaliteit. Vakmanschap als wapen tegen verval. Misschien vond de oude Moïse er troost in. Ik vind er in ieder geval troost in. Ik kan niet tegen kapotte dingen. Ik hou van dikke verf, van kwaliteit en onderhoud – op het maniakale af.

Soms tref ik in de personeelsvertrekken een bezoeker met dezelfde belangstelling – een kachelpoetssnuiver die zich verheugt in de glans van kookplaten. Laatst stond ik naast een bejaarde vrouw die ook het fornuis aaide. Ik begreep haar blik, maar zij had een andere reden. 'Ik heb als kind zoveel over dit huis gehoord,' zei ze, 'mijn moeder heeft hier ver voor de oorlog als dienstmeisje gewerkt. Dit was haar mooiste keuken.' Ze haalde een brief uit haar tas, een getuigschrift waarin de graaf de Camondo het daghitje dankt voor bewezen diensten. Juni 1933. 'Kijk, zijn handtekening staat eronder.' We bewonderden het krullend schrift, het deftig briefpapier, het adellijk wapen. Mevrouw had het getuigschrift meegenomen om het aan het museum aan te bieden. 'Ze wilden het niet, het heeft geen kunsthistorische waarde.'

We leunden tegen het fornuis. 'Als ik mijn ogen dichtdoe, hoor je de pannen schuiven,' zei de vrouw. We luisterden. En dachten aan de doden verborgen in materie.

DONNA CLARA

YSL

Le Figaro noemde hem 'De grootste couturier van de wereld'. *Libération* eerde hem op de voorpagina met een foto, drie letters en twee jaartallen: YSL 1936-2008. *Paris Match* zette de 'Zonnekoning van de mode' bijna bloot op de cover: Yves Saint Laurent, *Le Magnifique*. De communistische *l'Humanité*, over het algemeen niet dol op dienaars van het grootkapitaal, prees zijn 'anarchistische karakter' en herinnerde eraan hoe deze 'bevrijder van de vrouw' zich opwierp voor *les petites mains* – de nederige naaisters achter de haute couture. Een lezer van die krant wist te melden hoe de meester zijn modellen naar een industrieterrein in L'Aude liet afreizen om de stakers aldaar moreel te steunen met een defilé van hoeden uit eigen fabriek. Politici van rechts en links verdrongen zich de dag na zijn dood (1 juni) in journaals en actualiteitenrubrieken om deze *grand homme* bij het pantheon der Fransen in te lijven. *Première dame* Carla Bruni, een van zijn favoriete modellen, gaf zelfs een eigen communiqué uit waarin ze benadrukte hoe eervol het was voor de couturier gewerkt te hebben: *Il a sublimé non seulement la beauté, mais aussi la force des femmes.*

De Fransen zijn ruimhartig in het eren van hun vedetten,

vooral als het land zich ermee op de borst kan slaan. Zo vormde Parijs Yves Saint Laurent en niet het Algerijnse Oran, waar hij als scholier opviel met zijn modeontwerpen en een mediterrane wereld opzoog die later tekenend voor zijn werk zou worden. Niet Frankrijk verloor een genie, nee, de hele wereld. De couturier werd ook herdacht en ten voorbeeld gesteld bij de presentatie van Frankrijks culturele plannen voor het presidentschap van de Europese Unie in het Grand Palais. 'Alle vrouwen van de wereld zullen hem missen,' zei oud-minister van Cultuur Renaud Donnedieu de Vabres. Drong *Le smoking* niet ook door in Darfur en de Hindu Kush? De minister van Buitenlandse Zaken, net terug van een bliksembezoek aan de troepen in Afghanistan, zat er instemmend bij te knikken. Frankrijk stond weer op de wereldkaart. Ook in zelfbewondering zijn de Fransen scheutig.

Aangestoken door de nationale rouw liep ik de ochtend voor de uitvaartdienst langs de kerk waar Yves Saint Laurent zijn laatste show zou geven. Zo wilde hij het: gekist en gekust in de Saint-Roch – van oudsher het gebedshuis voor artiesten. (Het zoveelste bewijs van zijn onconventionele smaak, want nergens wordt de Heilige Geest zo extravagant verbeeld als in die kerk aan de rue Saint-Honoré waar een hemels licht door gipsen wolken breekt, zo mooi, zo theatraal, dat je er bijna gelovig van zou worden.) Ik zag het binnendragen van de bloemstukken en liet me bij de deur wegsturen door strenge dames die de kerk leeg schreeuwden. Het marmer moest nog gedweild, de stoep geveegd. Grote schermen werden opgetrokken om buiten de mis te kunnen volgen. Meer nieuwsgierigen waren naar de Saint-Roch gekomen: vrouwen in zwarte broekpakken – als hommage aan de meester –, vrouwen met blauwzwart-grijze sjaals, de drie magische letters zichtbaar over de schouder gedrapeerd. Vrouwen die YSL vast en zeker zouden missen.

Maar die zocht ik niet tussen het toegestroomd publiek. Ik zocht een herinnering, een opvallende verschijning in de achterstraten van de rue Saint-Honoré, de man die vrouwelijker dan een vrouw haute couture kon dragen. Twintig jaar geleden zag ik hem voor het laatst, afgezakt naar droeviger kroegen in het elfde arrondissement. Híj zou Yves Saint Laurent zeker missen.

Minouche à quatre épingles, noemde hij zich (om door een ringetje te halen). Het leven had zijn kop getekend, dat kon geen make-up verhullen; zijn wimpers klapperden vermoeid onder hun aangeplakte last en hij had een schorre stem, maar al die lelijkheid viel weg als hij zijn lap tevoorschijn haalde en zich speld voor speld in een vrouw veranderde. Zijn ballonjurk bracht alle handen op elkaar en een avondjurk met boothals à la Dior deed mannen op hun vingers fluiten. En hoe slank leek hij niet in een lange new-lookkokerrok van Dior, zolang ze d'r bierbuik inhield. Ja, hij werd beslist een *zij* in Dior en zelfs een uitdagende zij als ze wijdbeens op de tap stond om de A-lijn van Courrèges te showen. Maar het liefst speldde ze zich in creaties van Yves Saint Laurent, vooral in zijn trapezejurken, strak om het sleutelbeen en fladderend wijd om de knie – daarmee kon ze haar knoestige heuppartij het beste verbergen.

Minouche had wel honderd jurken in haar vingers. Geen beroemde nachtclub waar ze niet was opgetreden. Veertig jaar met dezelfde act de wereld rond. Tot ze minder geboekt werd omdat haar handen begonnen te trillen. 'Van al die aangeboden drankjes,' zei ze, 'attenties van echte mannen.' Ze miste die aandacht en daalde af naar het club- en kroegencircuit tussen Opéra en Les Halles. 'Minder niveau,' vond ze. Daar zag ik haar, met een lap die met de jaren behoorlijk groezelig was geworden, tussen gespuis dat niet naar bed wilde (of juist wel, maar de jacht laat de nacht langer duren). Ze danste op de toog tussen volk dat bier op het zink goot. Minouche liet ze begaan, ze gunde ze niet de lol uit te glijden. Haar trots hield haar in evenwicht. En omdat je dat als toeschouwer voelde – als je tenminste niet al te dikhuidig en dronken was – dwong ze respect af. Misschien was het haar passie die zo'n indruk maakte, dat ze ondanks alle hoon en spot deed wat ze voor haar gevoel moest doen: zich onder aller ogen verkleden als vrouw – al ging ze eraan kapot.

Yves Saint Laurent, in zijn jeugd getreiterd door klasgenoten omdat hij te lang met poppen speelde en op het lyceum de risee omdat het lezen van *Madame Bovary* hem inspireerde tot een getekende modeshow, had ook een passie waar alles voor moest wijken. Achter zijn nuffigheid school een ijzeren wil. Misschien moest ik daarom bij zijn overlijden zo aan Minouche denken. Ook een man te kwetsbaar voor het leven, maar taai genoeg om als vrouw bejaard te worden.

Yves Saint Laurent had het geluk een minnaar en beschermer te vinden die hem zakelijk groot kon maken. Minouche kwam niet verder dan een mond vol spelden. Mocht ze nog leven dan zal ze YSL vast met de nodige prikken hebben geëerd.

SERVICE CONSOMMATEURS
N°Azur 0 810 400 555
www.batfrance.com

STRAATROKERS

Parijs, open het raam en het zingt: auto's, kerkklokken, het legen van vuilnis- en glasbakken, het gebezem van straatvegers, voetstappen, stemmen... Wat heerlijk om na een maandenlange reis terug te zijn en al die geluiden weer een plaats en tijd te kunnen geven. Het wachten is nog op de zaterdagse voddenboer die met een ijzeren stang op een deksel slaat (ja, in geluid is Parijs soms een middeleeuwse stad). Maar het frisse oor hoort ook nieuwe geluiden. De autobussen bellen meer. Sinds ze hun blauwgemarkeerde rijbaan met steeds meer fietsers moeten delen, proberen ze deze indringers met een bel te verjagen. Niet met een toeter, die is voor auto's. De busbel is zo'n tien jaar geleden geïntroduceerd om het stadsrumoer te dempen. Hoorde je hem voorheen een paar keer per dag, nu spelen de bussen van vroeg tot laat voor fiets. Een geval van velopomorfie. Of is het jaloezie?

De fiets mag dan geen stilte brengen, hij draagt in ieder geval bij tot een schoner milieu. Al inhaleert wie een *velib* voor een middag uit het rek haalt voorlopig wel ongewild een half pakje sigaretten aan uitlaatgassen. Ook voor het open raam rook ik mee. En als wandelaar. Zo kruipt Parijs in mijn longen.

Maar sinds kort valt er buiten nóg een walm op te snuiven – een blauwe walm, die ook een nieuw geluid opstuwt. Het komt van de pratende rokers, die, bijeengedreven door de laatste *loi anti-tabac*, niet meer binnen maar buiten het café of restaurant troost in een sigaret zoeken. En bij elkaar.

Niet eerder zag ik zoveel mensen in de openlucht op een kluitje paffen. Een opstootje, dacht ik de eerste keer toen ik een man of tien voor de pui van het buurtcafé zag staan. Maar het bleken vredige blauwbekkers te zijn die met vijf graden onder nul de kou weerstonden voor een shot nicotine. Opeens begreep ik ook waarom er zoveel terrassen in mijn wijk waren verbouwd of vergroot. En waarom er op de boulevard Montparnasse ineens zoveel straalkacheltjes boven de buitenramen werden aangebracht. De nieuwe wet biedt nog wel een dak aan de zittende buitenroker, maar het terras dient aan minstens één kant open te zijn. Vrije (en soms warme) wind voor de beklemde roker. En blauwe walmen voor de passant. Al wandelend inhaleer ik nu dus dubbel. Lang leve het milieu.

Onderwijl troost het oor zich met de verhalen die ik onderweg mag opsnuiven. Als ik niet aanschuif op het terras, vang ik ze wel op voor de deuren van restaurants waar obers, koks en klanten tussen de gangen door een sigaretje roken. Nieuwsgierig als ik ben, bestudeer ik dan de kaart voor het raam en luister... Naar verhalen over roken onder de afzuigkap of het opsteken van een sigaret onder de rookmelder om te controleren of het ding wel werkt. En hoe je je baas als roker kunt foppen. Verhalen sterker dan tabak, zoals de man die met zijn baas voor een tientje wedde dat hij onzichtbaar een sigaret kon opsteken. En zo pafte hij voor ieders ogen en nam voldaan zijn verlies. Een ander doofde zijn peuk in zuiveringszout, een bij elke drogist verkrijgbaar goedje dat iedere damp absorbeert. En wat te denken van een hap peterselie voor een frisse mond ('dan ruik je na een sigaret als een lentewei'). Ik geef het maar door. Veel buitenrokers hebben ook thuis te lijden. Daar blijkt weer een ander kruid tegen gewassen: je niet-rokende echtgenoot 's nachts heimelijk twee nicotinepleisters op de rug plakken. Zo sijpelt het begrip zelfs bij de grootste tegenstander naar binnen. Na drie dagen zal hij of zij zeggen: 'Goh, wat ruikt dat eigenlijk lekker, zo'n sigaret... Mag ik ook eens een trekje?'

De patron van mijn oude buurtcafé in het elfde, waar ik nog altijd graag een glas drink, weigert zich aan de nieuwe regels te houden. Hij stáát op binnenroken en geeft zelf het dampend voorbeeld. De weifelaar die voor het binnengaan zijn sigaret uittrapt, kan op een uitbrander rekenen. Solidair met zijn rokers wacht hij de agenten op. 'Laat ze maar komen met hun bekeuring. Ik heb een café waar veel arbeiders komen, kerels die zich rot werken en hun enige pleziertje is hier 's morgens met elkaar een sigaretje roken. Moet ík ze dat verbieden?'

Hoe kon ik hem tegenspreken, 's morgens om halfelf, met vier vuilnismannen aan de toog, rustig aan de rode wijn en sigaret.

'Maar wel kanker na je vijftigste,' wierp ik mompelend tegen.

'Ach, zo oud worden ze niet,' zei de patron, 'mijn klanten kunnen zich niet de luxe veroorloven op hoge leeftijd kanker te krijgen.'

Je fais de la résistance, hij blies een ferme wolk naar het raam, maar de agent om hem te betrappen bleef uit. Teleurgesteld raadde hij me aan eens een kijkje te nemen in Le Musée du Fumeur, een paar straten verderop. Kende ik dat niet? Wel, nu de jacht op de roker geopend was, liep dat museum beter dan ooit. Daar kon ik zien hoe de namen van grote rokers nog altijd voortleven!

Museum is een groot woord voor het winkeltje in de rue Pache, maar eenmaal binnen en naar de achterkamertjes verwezen, wandel je door vijf eeuwen rookgeschiedenis. Alles door een Franse bril bezien natuurlijk. Zo eert het museum de grote Jean Nicot, eind zestiende eeuw ambassadeur in Lissabon, waar zijn neus kennismaakte met de verpulverde blaren van een geheimzinnige Amerikaanse plant. Bij terugkeer in Parijs overhandigde maître Nicot een stekje aan Catherine de Médicis en gaf het de naam *herbe à la Reine*. Het wonderkruid vond bijval in de hoogste kringen. Toen ook bredere lagen belangstelling toonden en maître Nicot op het idee kwam belasting op dit genotmiddel te heffen, werd het al spoedig 'nicotine' genoemd. Het woord *tabac* deed pas later zijn intrede. Maar de verslavende kern draagt nog altijd de naam van 's lands eerste tabaksimporteur.

Wat ik ook niet wist: adel en bourgeoisie snóven tabak – de verzameling fraaie zeventiende-eeuwse snuifdozen getuigt ervan. Het gewone volk rookte pijp. Evenals de indianen, uitvinders van de vredespijp. Het verhaal van hun passie toont het museum in een kamertje vol beschilderde tabaksblaren. Daar las ik dat zelfs God een roker is.

De nobele sigaar deed pas later zijn intrede. Opvallend hoeveel revolutionairen hun snorren en baarden erdoor lieten vergelen: Marx, Castro, Che Guevara, Saddam Hoessein. Hun portretten hangen tot in de wc. Omringd door andere onruststokers: Baudelaire met zijn hasjiesj, de opiumschuivers van Montparnasse en een rookzingende Serge Gainsbourg. Ook George Sand wordt geëerd: zij rookte niet alleen sigaren, luisterend naar Liszt en Chopin, maar rolde tot schrik van haar negentiende-eeuwse omgeving zelfs haar eigen sigaretten 'met de blote hand'.

De sigaret komt er trouwens bekaaid af in Le Musée du Fumeur: de ware roker haalt zijn neus op voor zo'n industrieel product. Ik heb welgeteld twee pakjes in de vitrines zien liggen, waarvan een met chocoladesigaretten.

'De sigaret is wat de snack is voor een gastronoom,' zei de jongeman achter de kassa van het winkeltje. Voor hem gaat er niets boven de sigaar. Maar sinds kort staat hij pal achter de sigarettenrokers. 'De delinquenten van de sigaret moeten zich verenigen. Hun geschiedenis wordt vervalst.' Had ik niet gelezen hoe er in de Bibliothèque Nationale met foto- en filmbeelden van Sartre en Malraux is gemanipuleerd? 'Ze hebben Sartre zijn sigaret uit de mond gewist, Malraux kijkt naar z'n lege vingers en hapt als een vis naar lucht.' Het was hem ernst, die jongen, zijn woeste haar golfde van strijdlust en hij liep er rood bij aan, alsof hij de revolutie had geïnhaleerd. Roken als daad van verzet. Je zou er bijna weer zin in krijgen.

PS Wat heet! Een dag na het schrijven van dit stukje vertelde een vriendin me hoe zij in de bioscoop door een achter haar zittende dame op de schouder werd getikt. 'Mevrouw, bent u een rookster?'

'Ja,' antwoordde de vriendin.

'U ruikt naar rook, uw haar, uw jas. Wilt u alstublieft ergens anders gaan zitten?'

De vriendin gehoorzaamde beteuterd.

Na dat verhaal heb ik er maar eentje opgestoken, uit solidariteit.

CULTUREEL MARSKRAMER

Het Franse voorzitterschap van de Europese Unie zit erop. President Sarkozy kwam om de dag met een nieuw plan en was niet van het scherm te slaan. Frankrijk gloeide weer op de wereldkaart en het hijgt er nog van na. Ook cultureel wilde het een baken in Europa zijn: de monumenten van Parijs waren in een blauw licht gedompeld, driekleur en sterrenvlag wapperden van theaters en musea – er was van alles te zien en te doen, en half het buitenland werd op Franse kunst vergast. In de marge reisde ook een karavaan Europese schrijvers door Frankrijk om op allerlei inderhaast uit de grond gestampte festivals zichzelf en de Europese gedachte uit te venten. Ik was een van hen. Na duizend kilometer sporen en het beklimmen van tientallen podia kan ik nu in vloeiend Frans uitleggen dat Nederland weliswaar in het noorden ligt, maar dat ik geen Scandinavische schrijver ben – ook al verstopt menig boekhandel mij en mijn schrijvende landgenoten op het plankje eeuwig zingende bossen. Nederland heeft een twijfelachtige naam in Frankrijk. Keer op keer moest ik uitleggen wat ons gedoogbeleid inhoudt, hoe we omgaan met abortus en homohuwelijk en dat we niet allemaal elke dag naar *Big*

Brother kijken of onze grootmoeder vermoorden voor we lang met vakantie gaan. Ik werd er bijna chauvinistisch van, maar dat gevaar loop je als je zo ijdel bent een tijdje voor *ambassadeur culturel* te spelen.

Laten we het maar een eer noemen. In Frankrijk krijgt een schrijver niks voor een optreden. Men nodigt hem of haar uit, luistert, dommelt in slaap of klapt en biedt als dank een *déjeuner* of *diner* aan. Ik heb wat aan mogen zitten. En aan mogen horen. Ronkende woorden van gedeputeerden, senatoren, burgemeesters en gemeenteraadsleden. Voor je het weet krijg je een decoratie opgespeld. In de provincie telt een schrijver. Niet om te lezen, maar om mee te pronken. *Les élus* – de gekozenen – kennen hun klassieken. En ik ken mijn plaats. Van de eer ben ik vijf kilo aangekomen.

In Cognac, waar ik met veertig andere geïnviteerde Europese schrijvers mocht aanschuiven, werd elk debat afgesloten met een glas cognac, opgejazzd met tonic, gember en een dot basilicumblaadjes. Literatuur is mooi en Europa onvermijdelijk, maar men dient er wel bij te drinken. Liefst in een donkere kelder waar de cognac in tonnen ligt te verdampen – als offer aan de engelen. De alcohol kruipt daar onder je schedel en de spinnen zijn er zo dronken dat ze geen behoorlijk rag meer kunnen maken. Zo verging het ook onze redevoeringen in dit treurige plaatsje: na twee dagen was er geen touw meer aan vast te knopen.

Ja, het was zwaar.

Al die kilometers in geriefelijke, zoevende TGV's. Soms kropen we echter door het land, als stakers en saboteurs de bovenleidingen onklaar hadden gemaakt, waardoor treinen in het noorden en het oosten urenlang stil kwamen te staan. Lille-Parijs... ik mocht er tien uur over doen. Niemand zeurde. De ene reiziger na de andere haalde een boek uit zijn tas (als het al niet op knie of uitklaptafeltje lag) en verplaatste zich verder in een roman, waar de geest nu eenmaal sneller reist dan in het openbaar vervoer. In welk land zie je zoveel lezers in trein en metro? Het treft me telkens weer, als ik aankom op het Gare du Nord en op lijn 4 stap: al die mannen en vrouwen staand of zittend met een wiebelend boek in de hand. Kom daar maar eens om in Nederland, of om een conducteur die de wagons langsgaat en in fraaie volzinnen meldt dat we nog 'uren op stroom en verlossing' moeten wachten en dan een gangstoel uitklapt en een boek ter hand neemt. Die van ons las Guy de Maupassant. Ja, toen hield ik weer even heel veel van Frankrijk.

Twee dagen later moest ik dat beeld corrigeren, toen ik in de ochtendspits op weg was naar een lezing in een buitenwijk. Te midden van tienduizenden reizigers denderde ik over de roltapijten van Châtelet, om me op een overvol perron door een geüniformeerde metroman een verzadigde coupé in te laten duwen. Een trap, een por en karren maar. Drieëndertig centimeter voetruimte, daar moest ik het anderhalf uur mee doen. De mens als mier. Ogen op nul. Afgesloten voor de anderen om je heen. Maar wel verbonden met een draadje – de iPod als orentroost. Lezen is tijdens zo'n rit nauwelijks mogelijk. Geen ruimte om een bladzij om te slaan, al zie je een enkeling een poging wagen. Zo reizen dagelijks miljoenen, door gangen van schreeuwend beton. Mensen die dagelijks bekaf thuiskomen en wie elke kunst gestolen kan worden. En ook al die meneren en mevrouwen met hun verheven woorden.

De keren dat ik afgelopen maanden op de universiteit om negen uur 's morgens college gaf, bleek driekwart van de literatuurstudenten al zo'n anderhalf uur openbaar vervoer achter de rug te hebben. Telkens trof ik een grauw gezelschap aan. Slechts weinigen brachten het op een uur of wat extra te reizen om zich ergens aan schoonheid te laven – ik kon het de thuisblijvers niet kwalijk nemen. Ook het merendeel van de docenten woont buiten de stad. Parijs is te duur voor academici. Om de reistijd enigszins te beperken zit er vaak niks anders op dan een eenpersoonsbed in een armzalige chambre de bonne te huren. Het familieleven is een luxe voor het weekend.

Parijs is ook te duur voor jonge kunstenaars. Voor durf en vernieuwing moet je tegenwoordig naar Berlijn, maar daar wonen weer geen rijke klanten. De vraag is zelfs of de smaak nog wel in Parijs woont – in de galeries van de rue de Seine hangt vooral kunst die goed bij het bankstel past.

Toch gaat Frankrijk er prat op dat nergens de kunst zo bloeit als hier. De minister van Cultuur belegde zelfs een speciaal forum in Avignon om haar Europese collega's daarvan te overtuigen. Uw culturele marskramer was ook van de partij. We gingen in tweeënhalve dag zes keer aan tafel. Gebakken bloembladeren aten we en moleculair opgeklopte olijven. We vergaderden in het Palais des Papes en zaten als kardinalen in rijen tegenover elkaar. De premier zat op een troon. De Aga Khan voerde het woord, en Esten en Letten en Litouwers – hoogwaardigheidsbekleders uit 'de nieuwe landen'. Iedereen sprak Frans en toonde zich een vriend van het land. Behalve de directeur van een Koreaanse computerfabriek, die op het verkeerde congres had ingetekend en ons in krassend Engels meldde: *the world is one*. Een mecenas met de achternaam van een automerk of wapenfabriek, daar wil ik van af wezen, hield hem en andere vreemdelingen voor dat iedere kunstminnaar twee landen in zich draagt: zijn geboorteland en Frankrijk. Bestond er een beter land?

Maar waar waren de kunstenaars? De gekken die de wereld willen verbouwen, het gespuis dat de tijd wil vangen. Ik zag alleen maar grijze koppen en lintjes en knoppen op de revers. Geen mens onder de veertig. Weg, dacht ik, en snel, straks word je ook zo'n opgeblazen kikker. Je verdoet je tijd met al die malle deftigheid.

Europa bestond in Avignon maar uit één land: La France.

De zelffelicitatiedienst beu ben ik naar buiten gevlucht, de mistral in. Mijn liefde voor Frankrijk had een knauw opgelopen, maar eenmaal afgekoeld nam ik me voor anders naar het land te kijken: niet meer als minnaar maar als antropoloog – met belangstelling en zonder oordeel. Met afstand de riten gadeslaan, het gebras en gebazel. Zoals ik ook met afstand naar mijn land van herkomst heb leren kijken, het Nederland dat zich zo graag naar beneden haalt: te klein, met een taal en cultuur die er niet toe doen. In de hoop dat het buitenland dat tegenspreekt. Ook raar.

Misschien zijn het uitingen van hetzelfde tekort: niet meer precies weten wie je bent. Beide landen zoeken naar een nieuwe plaats in een veranderende wereld. Laat ik het daar maar op houden, mijn ambtsketen in de prullenbak gooien en weer op expeditie gaan achter mijn schrijftafel in Parijs.

OTTO WAS HERE
OTTOSHOP MUSIK

EEN BLANKE KOOPT EEN PAAR SCHOENEN

De Parijse editie van de *International Herald Tribune* recenseerde *le dernier cri* op het gebied van sportschoenen – op dezelfde pagina waar dagelijks een boek besproken wordt. Een lezer dient ook te bewegen en wie kuit en bilspier wil activeren, zou het beste uit zijn met de Reebok EasyTone: *Moving Air Technology* voor de wandelaar. Wetenschappelijk bewezen. Ik knipte het artikel uit en liep de stad in, op zoek naar mijn ideale schoen. In Parijs vind je de meeste sportwinkels in buurten waar banlieue en binnenstad elkaar raken. Zo kan je om en nabij Châtelet-Les Halles (hét grote overstapstation voor passagiers uit de buitenwijken) alle populaire merken kopen – echt en namaak. Straatjeugd bepaalt daar het modebeeld. Voor de jongens: trainingspak – liefst roze, mintgroen of zwart met gouden biezen – voorzien van geborduurde fantasiesignatuur, op kille dagen een glimmend nylonjack met bontkraag, maar altijd: honkbalpet en sportschoenen. Voor de meisjes: minirok, veelal over legging, daarboven het stoere nylonjack (als het even kan goudkleurig) en – als Allah het vereist – haar en voorhoofd kuis bedekt. Wat men ook zwachtelt of bloot laat, de hormonen gieren er over straat. En daar liep ik tussen, met het knipsel in mijn binnenzak.

Reebok? Ç'est pas bon ça! zei een dreadlockjongen in de eerste winkel die ik binnenging.

'Hoezo? Het is de beste sportschoen ter wereld.' Ik moest schreeuwen om boven de muziek uit te komen.

Hij lachte me uit. 'Reebok is geen merk.'

Ik haalde het artikel uit mijn zak en wees op de foto, de *balance ball* 'die de zolen op wolken zet' en de statistiek waarin effect op bilspier en kuit met stijgende curves in beeld was gebracht. Ik vertaalde. Bilspier... wat was in hemelsnaam bilspier in het Frans? Ik kneep in mijn kont en liet het vet dansen op de maat van een Franse rapper. Dreadlocks collega's – hangerig rond de rekken – kwamen nieuwsgierig naderbij. 'Reebok?' 'EasyTone?' Ze haalden een voor een hun neus op: *Ç'est pour les Américains ça*. De grote warenhuizen verkochten dat soort spullen.

Ik liep langs Adidas (een Duits bedrijf dat volgens mijn knipsel ook Reebok maakt) en sprak een jongen naast de kassa aan – petje achterstevoren, trainingspak, duimdik blingbling, deinend op de laatste hiphop. Spetterhard. 'EasyTone? Hebben we niet. Bij de buren misschien.' Maar links en rechts en aan de overkant, overal meewarige blikken. Mooie verkoopsters met brutale kontjes prezen me andere schoenen aan, vingers met aangeplakte nagels trokken veters los... heel verleidelijk. Ik werd er vrolijk van. Na Go Sport en Decathlon had ik een betere toon te pakken. De wantrouwende blikken verdwenen. Eindelijk een onderwerp dat ik met deze jongens en meisjes kon delen: de beste schoen. Wel of niet lucht tussen je zolen. Fluorescerende veters. Al kon ik ze soms slecht verstaan – door de luide muziek. Maar ze draaiden ook woorden om, kruidden elke zin met veel *quoi, quoi*. Ik maakte grapjes over mijn onhandige boeken-Frans: 'Langzaam, langzaam, ik ben ook maar een nieuwkomer. Help me integreren.' Ik speelde de vreemdeling met rare manieren. Een wandelaar die de stad straat voor straat verkent. Elke dag tienduizend stappen! Ik liet ze mijn stappenteller zien. Zo'n rare man kwam bij hen niet vaak over de vloer. Misschien was Reebok meer iets *pour les vieillards*, opperde ik. Voor ouwe zakken.

Et pour les milliardaires, grapte een verkoopster terug – ze had een Arabisch accent.

Maar hoe duurder hoe mooier, toch?

'*Ça dépend...* Joden dragen het.'

'Pardon?'

Ik kon maar het beste naar het negentiende gaan, rue Petit, daar had je veel Joodse winkels. Haar broer werkte er om de hoek.

Ze zei het zonder gêne. Ik was er een beetje beduusd van, vroeg spottend of *Le Juif errant* – de wandelende Jood – ook Reebok droeg. Maar ze begreep me niet. Ze dacht in merken.

Na die opmerking moest en zou ik mijn Reeboks hebben. Rijk of Jood, ik zou op lucht lopen.

Rijk zou ik het negentiende arrondissement niet noemen – rijk aan lawaai misschien en rijk aan kleur: Aziaten, Antillianen, Noord-Afrikanen, Afrikanen. En inderdaad, voorbij de Medina Hammam, een Marokkaans restaurant en de halal slager, lagen er bleke plakken *gefilte fisch* in de etalage van de delicatessenwinkel. De mannen bij de synagoge en de Joodse school droegen zwarte pakken en te kleine hoeden. Ik hoorde Franse accenten gekleurd door Koran en Tora, ving vleugjes Jiddisj en Arabisch op, liep van djellaba naar gebedsriem en dat alles in één straat: rue de Crimée. Nog geen honderd stappen van klein getto naar klein getto.

Alleen de armoe sloeg een brug – veel verwassen denim en sjouwende moeders met te grote tassen. Maar de huidskleur trok weer een grens, en de strakke nylon bankroversmutsjes die de zwarte jongens droegen – heel vervaarlijk, ook al zagen ze slecht door hun donkere zonnebrillen en konden ze niet hard rennen met hun afgezakte spijkerbroeken. En de *keffiyeh*, de Palestijnse sjaal, daagde uit, zorgvuldig geknoopt. Of het keppeltje met de vlag van Israël (soms half verstopt onder een honkbalpet) en het kettinkje met de davidsster. Noem het een identiteit, al is die voor een deel geleend in de Bronx en Hollywood.

Niemand leek te werken. Het negentiende – gemakshalve naar de drukke winkelstraat Belleville genoemd – is dan ook de armste wijk van Parijs (intra muros), met een hoog percentage werklozen, maar ook de spannendste, jongste en meest gecompliceerde. Het grootste arrondissement bovendien: bijna tweehonderdduizend inwoners, even groot als Reims of Grenoble.

Ik kende Belleville uit eerdere wandelingen, ging er regelmatig eten (goed en goedkoop) en sprak er op klaarlichte dag wel eens jongens met zo'n malle bankroversmuts aan. Op zoek naar een pistool. (Ik wil al jaren een pistool, om op mijn oude dag keurig zelfmoord te kunnen plegen. Een loodpil, bij gebrek aan die van Drion.) Het gerucht ging dat je op zaterdag in het Parc des Buttes-Chaumont makkelijk zo'n ding kon kopen. De buurt stond bekend als lastig. *Chaud*. Veel drugs en berovingen. Maar ik had er nog nooit een pistool gezien. De boefjes bliezen verontwaardigd als ik ernaar vroeg. Waar ik hen wel niet voor aanzag? 'Respect, man.'

Toch haalde de buurt steeds vaker met negatieve koppen

de krant: jeugdbendes bevochten elkaar. Zwart en moslim tegen Jood. En andersom. Er waren doden en gewonden gevallen. Ook de dag dat ik naar Reeboks zocht, was de spanning zichtbaar: er stond een groepje Joodse jongens luid op straat te bidden bij de aangeplakte foto van een neergestoken vriend.

Rue de Crimée kruist rue Petit, in een straal van nog geen vijfhonderd stappen telde ik minstens vier synagogen (de wijk zou er negenentwintig rijk zijn). Sportwinkels ho maar. En geen Reebok aan de voeten. Na een uurtje dwalen vond ik toch een paar achterafgelegen winkels waar direct uit dozen werd verkocht. Contante betaling gewenst. Dubieuze zaakjes beheerd door alle kleuren, alle geloven. Swingend personeel. Ik speelde weer de buitenlander op zoek naar Reebok. Bij de vierde winkel vond ik wat ik zocht. De EasyTone – een stapel dozen. Mijn tenen jubelden, maar van passen kwam het niet. *C'est pas pour vous ça!* zei de verkoper, *c'est pour les femmes*. Ik ontplofte: Amerikanen, Joden, vrouwen... 'Reebok is voor elke voet.' De eigenaar, een jonge Chinees, kwam sussend achter het gordijn vandaan en bezwoer me dat het een damesschoen was. Te klein, te smal. Hij wuifde mijn knipsel weg: strakke bil en kuit... dat was toch duidelijk? Ik kocht toch een paar, met lieflijker voeten in gedachten, maar vooral om mijn drift en schaamte te bedekken.

De koop werd met een high five bezegeld. De verkoper kwam uit Mali, een haantje in trainingspak. Aardige jongen. We spraken over schoenen – somden merken en soorten op. Veters vond hij als kind een teken van rijkdom, hij leerde pas rijgen en strikken toen hij op zijn twaalfde met zijn moeder in Frankrijk aankwam. 'Maar de buurt zit niet mee,' zei hij knikkend naar de mannen die op afgesleten muilen langs zijn winkel sloften. Ze waren op weg naar de *Adda'wa*-moskee om de hoek. 'Wij bidden zonder schoenen.' Nee, hij was er nog nooit binnen geweest, wist niet dat het de grootste moskee van Europa was, maar toen ik het zei was ie er trots op. Hij woonde al jaren ergens achter het 'Arabische deel' van de rue de Crimée, maar buiten de paar vierkante meter van zijn buurt wist hij me bitter weinig over het negentiende te vertellen. Behalve dat hij – *un black* – niet bij Frankrijk hoorde. Hij aarzelde, keek naar zijn baas. 'De Joden wel... en de Chinezen.'

Het klonk jaloers. De Chinees glimlachte.

De schoenverkopers die ik op mijn tocht had ontmoet kenden de profielen van wel honderd zolen. Ze waren straatwijs, maar de grond onder hun voeten was hun vreemd. Zo dacht het meisje in de Decathlon dat Pays Basque en Pays-Bas hetzelfde was. De Malinees wist niet wat een molière was, laat staan dat die schoen vernoemd was naar de grootste toneelschrijver van het land. En de Chinees (op zijn vijfde met zijn ouders naar 'de vrijheid' gevlucht) had – net als ik – moeite met Franse jaartallen. Ze waren allemaal in Frankrijk op school geweest, toch hadden ze een beperkte woordenschat. Ik had moeite hen te verstaan en zij begrepen mij niet altijd.

Zelden voelde ik me zo oud en stijf en uit de pas met mijn tijd als op die schoenendag. Al had Reebok wel wat in beweging gezet. Ik stapte uit mijn blanke kooi, even maar. Niet meer dan een sprongetje. *Moving air.*

BEDELAARS

De prijs van de bedelaars in het zesde arrondissement is omhooggegaan. Vroegen de handophouders met vaste stek in de winter nog twee euro, met de zomer zijn het er drie geworden. Het is niet voor niets de duurste wijk van de stad. Zelden wordt meteen het gewenste bedrag genoemd, de bedelaar vangt eerst de blik en vraagt of het schikt een vraag te stellen. Heel beleefd, pas dan komt de verlangde som. Ik snauw nee na de eerste kik. Hoeveel ogen van slechtgeklede mensen heb ik al vermeden? Misschien wilden ze me alleen maar de weg vragen. De kloof knaagt. Het wordt tijd weer goede manieren te leren.

Belle la vie
Petit Cossu
NOEIL

LE TIGRE

Mijn werkster heeft een wereld voor me geopend – een wereld die ze zelf maar amper kende. De jungle van *Le Tigre*. Een tijd lang sloop hij elke week bij me naar binnen, onuitgenodigd, net als het huis aan kant was en ik zijn moeder uitbetaalde. Alsof hij het rook. Le Tigre is haar zoon, een zoon die haar zorgen baart. Door de week heet hij gewoon Lakshman – een alledaagse naam op Sri Lanka. Maar in het weekend verandert hij in een tijger en duikt hij op in een Parijs dat een fatsoenlijk mens niet geacht wordt te kennen. En het was toch zo'n aardige jongen, die zoon. Goed opgevoed, echt waar. Maar hij ging met slechte mensen om. Hij bokste. Niet zomaar, nee, hij bokste voor geld! O, hoe vaak had zijn moeder hem niet met een verband om zijn hoofd thuis aangetroffen – bont en blauw geslagen. Hij speelde met zijn leven. En wat zou zijn kind straks van hem denken? Een vader moet toch een voorbeeld geven. Z'n vrouw vond het ook niks. Maar ja, hij verdiende er geld mee... Het was voor een Tamil niet makkelijk om werk te vinden.

Vorige winter stond haar Lakshman voor het eerst in mijn gang, hij kwam z'n moeder afhalen. Wat een schriel ventje!

Schouders niet breder dan een klerenhaak, kleine voetjes – hoefjes bijna. Noemde dat zich bokser? Ik kon mijn verbazing niet onderdrukken en vroeg hem meteen het hemd van het lijf. Waar hij vocht en hoe, en of ik eens naar een wedstrijd mocht komen kijken. Hij liet me zijn spierballen zien, onder een snelle koffie, met z'n jammerende moeder aan de keukentafel. Lenig was hij, en inderdaad gespierd. Pienter leek hij me, geen dommekracht. Hij nodigde me meteen uit voor een *match*. Zijn moeder zuchtte. Was ze daarvoor naar Frankrijk gekomen? Om haar zoon te laten afslachten? Hij had dokter moeten worden.

De week daarop nam ze een flyer mee. Le Tigre in een satijnen short, zijn bruine bovenlijf glimmend van de olie en de gespierde maag half bedekt door een brede ceintuur vol medailles. Met de complimenten van haar zoon en wanneer ik een keer meeging. Ze keek me gelaten aan.

Meer flyers volgden. Van een bezoek aan een match wilde het maar niet komen. Mijn werkster zei dat haar zoon steeds vaker wedstrijden won. Toch vreemd dat zijn vrouw over geld bleef klagen... Hij kwam bijna altijd met lege handen thuis. Misschien kon ik toch eens... Ze bleek zelf zo benieuwd, vrouwen waren niet welkom bij die wedstrijden en als ik nou ging, kon ik haar er alles over vertellen. De komende week zou er een belangrijke wedstrijd zijn.

We maakten een afspraak, Lakshman en ik, twee dagen voor het grote gevecht, in een café op de markt van Château Rouge. Er lag een stapeltje versgedrukte flyers op tafel. Le Tigre zou tegen Le Légionnaire vechten. *Un grand nom*. Vroeger.

Lakshman vond het zonde zijn nieuwe flyers buiten op te plakken, daar werden ze binnen een dag verwijderd. 'De politie verbiedt *mon truc*.' Maar hij hing wel in de cafés van Belleville en Barbès en in de Indiase restaurants achter het Gare du Nord. 'Daar ziet het zwart van mijn ding.' Ja, hij was een geboren winnaar. Een prijsvechter! Zijn handel zat in zijn vuisten. Hij kon er opgewonden over praten, op fluistertoon: 'Ik vecht in de parkeergarages achter Clignancourt, en in ouwe fabriekshallen, afbraakpanden.' En overmorgen moest ik beslist meekomen... het werd heel bijzonder.

Ik aarzelde. Was ik niet te oud en hoorde ik daar wel thuis? 'Ik kan slecht tegen bloed.'

'We bloeden niet,' stelde hij me gerust: 'We vechten zonder handschoenen. Vlees op vlees.' Heus, ik zou er geen spijt van krijgen. Hij, Le Tigre, was in topvorm. Hij keek me smekend aan: 'Ik vecht zaterdag op vijandig terrein, als ik met een meneer als u kom, een keurige Europeaan, voel ik me veiliger.'

Oké. Zaterdag, twee uur, voor de ingang van het Gare du Nord.

Ik rook een verhaal.

Lakshman had een dag van tevoren nog gebeld dat ik me niet speciaal voor de wedstrijd moest verkleden. 'Kom gewoon als Europeaan.' Blanke, bedoelde hij daarmee, dat had ik al eerder begrepen. Maar wat ik als blanke geacht werd aan te trekken, was me niet duidelijk. In ieder geval geen petje met de klep in mijn nek. Ik koos voor mijn lange winterjas – vooroorlogse snit, zeer gedistingeerd.

Lakshman grijnsde instemmend toen hij me zag komen aanlopen. Zelf droeg hij een foeilelijk trainingspak. We dronken nog even koffie in de stationshal en ik voerde mijn koekje aan een duif met een stompe poot.

Lakshman roerde zenuwachtig in zijn koffie. Nee, hij wou niet zeggen waar we heen gingen. 'De locatie wordt pas op het allerlaatste moment bekendgemaakt, de politie is veel te nieuwsgierig.'

'Maar hoe weet het publiek het dan?'

'Le Patron stuurt wel duizend sms'jes.' Le Patron was een Senegalees, een man voor wie Lakshman voor het eerst ging vechten, een handelaar in smokkelsigaretten. Hij sloot ook de weddenschappen af.

Ik slikte even. 'Moet ik op je wedden?'

'Nee, vanmiddag ben je mijn zwager. Je weet alles, dus vraagt niets.'

'Maar hoe kan dat? Je vrouw is net als jij Tamil.'

'Wie weet dat? Als ze denken dat ik een witte vrouw heb, denkt Le Patron dat ik papieren heb, en wie papieren heeft is niet chantabel.'

Mijn mond viel open. Had ie geen carte d'identité? En zijn moeder ook niet? Dat had ze nooit verteld. 'Ik word dus gebruikt!' zei ik quasiverontwaardigd.

'Respect, zwager.' Lakshman lachte ontwapenend.

Ik vroeg maar niet hoe zijn familie zich staande hield zonder papieren. 'Wat vindt je vrouw ervan dat je vecht?'

'Zij is bang dat ik wat aan m'n hoofd krijg, een hersenbeschadiging – dat is het ergste wat er is. Maar ik ben goed en scherp, mij gebeurt niks.'

Hij gromde.

We namen de RER – een van de ondergrondse lijnen naar de oostelijke buitenwijken. De verwarming stond idioot hoog, het rook er naar zwavel en arme mensen. Het nieuwe Europa zat in de trein. Tientallen talen hoorden we: Afrikaanse, Arabische – in alle varianten – maar ook Russisch en Pools, Spaans, Portugees, Hindi. Lakshman maakte een verloren indruk tussen al die vreemde tongen. Hij was zwarter dan menig Afrikaan, maar met sluik haar en dunne lippen fijner gebouwd dan de grove Russen en Polen. 'Komen er ook Tamils?' vroeg ik.

'Die moeten werken.' Lakshman lachte ongemakkelijk, het zweet stond op zijn voorhoofd... 'Is maar beter ook.'

Hoezo? Le Légionnaire was een held van de Europeanen.

Les blancs?

Oui, des racistes.

Daar kon ik het mee doen. Steeds meer passagiers persten zich samen. Ik vervloekte mijn veel te warme jas – ouderwetse kwaliteit, op de markt gekocht. Ik rook ineens de vorige eigenaar.

De trein reed al snel bovengronds, langs negentiende-eeuwse huizen en oude dorpen die ooit welvarend waren geweest, door onbestemde moderne wijken, omzoomd door kale parken en getemd groen – goedbedoelde pogingen tot natuur. We slingerden en hielden ons vast aan een klamme stang. 'Kijk, daar heb ik gevochten.' Lakshman stootte me aan en knikte naar een loods met ingegooide ramen.

Na een kokende rit werden we met honderden tegelijk op een geblakerd perron uitgespogen. De uitstappers harnasten zich voor de bovenwereld – winden wervelden daar. We liepen door betonnen gangen, vol littekens van verveling.

Lakshman bereidde zich mentaal voor op z'n wedstrijd. Ik liep naast hem en waande me zijn zwijgende secondant. 'Ik vecht niet alleen om het geld,' zei Lakshman toen we eindelijk buiten stonden. 'Voor geld alleen kan ik het niet. Ik doe het voor het winnen – en voor mijn zoontje, hij is nu bijna twee jaar oud, maar straks moet hij trots kunnen zijn op zijn vader.'

Het was druk op straat. Een goed teken volgens Lakshman.

'Zaterdagmiddag is de beste dag, dan komt het meeste volk, dus meer inleg en meer geld.' Hij fantaseerde hardop wat hij kon verdienen: vier-, vijfduizend misschien. Maar stel dat het meer was? Hij kende een Marokkaan die op één avond een Mercedes bij elkaar had gevochten. Als híj zoveel won, zou hij er een huis voor kopen of een restaurant beginnen: ja, met een beetje geluk ging hij vanavond met een mooi bedrag naar huis.

'En de verliezer?'

'Die mag blij zijn als hij bij het dichtstbijzijnde ziekenhuis wordt afgeleverd: sorry, van de trap gevallen.' Lakshman schaterde het uit...

We staken een plein over. Lakshman verstuurde al lopend een sms en nam de laatste berichten door. We moesten naar een bushalte achter de McDonald's, zei hij. We waren niet de enigen die naar de bushalte liepen. Pas toen we daar aankwamen, viel het me op dat er alleen maar mannen stonden. Van het grof geknede soort – zwart, bruin, blank. Mannen die elkaar leken te kennen. Een reus met tatoeages in zijn nek botste tegen me op. Expres. Een paar bierbuiken in leren jassen maakten grappen over Le Tigre. Ze miauwden. Lakshman draaide zich om – met een hooghartige glimlach. De bierbuiken verscholen zich achter in de rij. 'Lafaards,' siste Lakshman.

Ik was bang. Maar wie a zegt... 'Straks nemen we een taxi terug,' zei ik ferm.

'En als ik win, een limousine.'

De bus reed voor. De helft van de passagiers moest staan. Wij ook. Waar reden we in godsnaam heen? Over en onder bruggen, langs afbraakflats met dichtgespijkerde ramen, kapotgeslagen bushokjes... We stapten uit op een winderige, opgespoten vlakte, aan de voet van een wijk in aanbouw. Gespierde mannen met walkietalkies verwezen ons naar een oude hangar verborgen achter bouwketen. Vliegtuigen vlogen over. Charles de Gaulle? Le Bourget? Toch straks eens op de kaart kijken.

Ik wilde om het gebouw heen lopen om te kijken hoe en waar ik er weer snel uit kon, maar ik werd onmiddellijk door de walkietalkies teruggeroepen.

Lakshman keek wanhopig om zich heen. Le Tigre liep met z'n staart tussen z'n benen.

Binnen hing de geur van bier. Mannen, nog meer mannen. Bierblik in de hand, in trainingspak of leren jasje. Veel gouden kettingen, duimringen, piercings, tatoeages.

Ik viel beslist op. Verkeerde jas, totaal verkeerde jas.

Lakshman knikte naar een grote zwarte man met gebreide rastamuts. 'Le Patron,' zei hij, 'blijf bij me staan.' Le Patron gaf een *fist bump*. Vuist tegen vuist. Zijn gouden ringen tegen de kale knokkels van Lakshman. Stoere woorden wisselden ze uit.

Was Le Tigre in vorm? Le Légionnaire was zich al aan het opwarmen. Lakshman klapte nonchalant zijn telefoon open, controleerde de laatste berichten: 'Ah, een sms van mijn vrouw. Groeten van je zus.'

Hij was in ieder geval een goede acteur. Nou het boksen nog.

Lakshman stond strak van de zenuwen. Wat deden al die mannen om hem heen? Ze keurden hem alsof ie een paard was, wilden van nabij zien waar ze hun geld op verwedden. Ze knepen nog net niet in zijn armen en kuiten. En waarom keken die breedgeschouderde mannen met honkbalknuppels zo gemeen?

'Dat zijn de stoppers, blijf daar achter. Laat je straks niet naar voren duwen.'

Le Patron nam Lakshman bij de arm. 'Zul je voor me juichen, zwager?' zei Lakshman met hese stem.

Ze verdwenen achter een slordig gespannen gordijn.

Telefoons rinkelden. Mannen legden in schreeuwerige gesprekken de route naar de hangar uit. Of ze konden elkaar niet vinden. Bellers zwaaiden naar bellers. De stoppers traden naar voren. Ze verzamelden zich in de buurt van een groepje kaalkoppen in glimmende lumberjacks, de tricolore op hun mouw geborduurd. Ik zocht een plaats aan de zijkant uit, tegen een wand van gebarsten gewapend glas.

Muziek. Een stompende dreun om in de stemming te komen.

De kaalkoppen schudden met bierblikjes en spoten elkaar onder het schuim. Ze schreeuwden hun slapen rood nog voor de wedstrijd begonnen was. Bierblikjes vlogen over en weer. Ik zocht een veiliger plaats op, dichter bij de uitgang. Mijn jas plakte op mijn rug. Le Patron kwam achter het gordijn vandaan. De stoppers – hun honkbalknuppels ketsend in de kom van een hand – dreven de kaalkoppen aan de kant.

Een blikken stem schalde door de hangar: een laatste oproep voor de gokkers. Biljetten gingen van hand tot hand. Le Patron noteerde, incasseerde. Het podium werd haastig schoongeveegd – duivenstront stoof op. De kaalkoppen eisten de boksers in de ring. Ik moest op mijn tenen staan om te volgen wat er vooraan gebeurde... Waar bleef de tegenstander? Toch niet die reus daar, in camouflagebroek met twee getatoeëerde draken op zijn borst, bepoteld door een kring van boeven met handdoeken? Ja... hij klom het podium op.

Het publiek scandeerde zijn naam: Légionnaire. Légionnaire.

Hoe kon Lakshman daar tegenop? Die vent was wel twee

koppen groter. Le Légionnaire snoerde de veters van zijn kuithoge gymschoenen aan. Het gordijn bewoog... Le Tigre! Ook hij werd toegejuicht – minder dan zijn tegenstander. Lakshman had zich ingesmeerd en glom van de olie. De wijde boksbroek maakte hem schrieler dan hij al was. De kaalkoppen jouwden hem uit. Had ik het goed gezien? Ja, verdomd, de tijger liep op blote voeten.

Bierblikjes zeilden door de lucht. Lakshman kon er net een ontwijken. De stoppers grepen in, het bier droop van hun rug.

Tue le, tue le, riepen de kaalkoppen. De hangar rook bloed. Le Patron vlagde met een handdoek: het gevecht kon beginnen.

Geen regels. Geen scheidsrechter.

Le Légionnaire grijnsde. Lakshman danste om hem heen. Mijn voeten dansten met hem mee. Le Légionnaire deed een stap naar voren en reikte Lakshman de hand. Lakshman maakte hetzelfde gebaar, maar zijn hand werd gepakt en Le Légionnaire stootte zijn knie in Lakshmans kruis. 'Au,' riep ik. Een vetnek naast me keek me vol verachting aan. Een kaakslag, en nog een. Lakshman ging kreunend onderuit. De toeschouwers loeiden. Ze kenden deze truc. Deden de bewegingen vertraagd na.

De stoppers draaiden zich dreigend om en zwaaiden met hun honkbalknuppels. Le Patron klom op het podium en keek bezorgd toe. Lakshman lag op apegapen in een hoek, Le Légionnaire boog zich over hem heen... grijnsde. Hij waande zich winnaar. Maar Lakshman sprong op, onverwacht... Le Tigre, hij werd eindelijk een tijger... Hij sloop op Le Légionnaire af. Liet zijn tanden zien en beet hem in zijn nek.

Ik juichte.

Lakshman vloerde zijn tegenstander en ging mee in zijn

val. Ze rolden over de vloer, toen Lakshman weer bovenkwam sloeg hij erop los, vuist plat op de neus van Le Légionnaire. Het bloed spatte op. Gejuich. Ze vochten met rode vuisten. Ik kon er niet langer naar kijken. De kaalkoppen waren niet meer te houden en drongen naar voren. De stoppers deelden klappen uit. Er ontstonden gevechten beneden voor het podium. Toen ik weer opkeek dook Lakshman net kreunend ineen... Le Légionnaire trapte in zijn maag. Hard. Schofterig hard. *Tue le, tue le* Maar Lakshman greep de bruut bij zijn hiel, trok hem op de vloer en stompte hem genadeloos op zijn slaap.

Le Légionnaire bewoog niet meer. Het stompen ging door. Vuist na vuist. Links en rechts, op kin en wang. In blinde drift. Le Patron stapte naar voren, probeerde tussenbeide te komen. *Mort! Mort!* De Afrikanen en Marokkanen roerden zich. De vrienden van Le Légionnaire wilden het podium op klimmen. Maar de stoppers sloegen met hun knuppels op de planken. Lakshman wist van geen ophouden, hij ramde maar door. Was dat de lieve jongen van mijn werkster, die moordenaar? Ik liep ongemerkt naar de uitgang.

De stoppers sprongen op het podium, trokken Lakshman van Le Légionnaire af. Een paar kaalkoppen zagen hun kans schoon en pakten elke kerel met een kleur die ze maar pakken konden. Bruin trapte terug. Lakshman liet zich versuft achter het gordijn duwen. Le Légionnaire werd door zijn vrienden naar een hoek gesleept.

Buiten rook het naar kerosine. Het was donker geworden, het asfalt glom in de motregen en de voorstad gloeide in de verte. Er vloog een vliegtuig laag over. Weg moest ik. Straks werd de hele zooi opgepakt. Een andere binnenstem gebood me te wachten.

Het publiek stroomde naar buiten, verspreidde zich snel.

Verzadigd, alsof ze en masse waren klaargekomen. De hangar was in een mum van tijd leeg. Ik liep weer naar binnen. Lakshman had zich al omgekleed. De olie vlekte door zijn trainingspak. Hij drukte een tissue tegen zijn neus. Le Patron legde vaderlijk een hand op zijn schouders. Top. Ja, Le Tigre had gewonnen. Lakshman was in vorm geweest, absoluut. Maar hij had slecht nieuws. Het zat tegen met de weddenschappen. Er was nauwelijks ingezet: honderdvijftig euro en dan rondde hij het leuk af.

Te delen met Le Patron. Vijfenzeventig de man.

Lakshman beet op zijn lippen. Hij hinkte. Le Tigre had in een spijker getrapt.

'Kom,' zei ik boos, 'we gaan.' Maar ik was vooral boos op mezelf, dat ik me door sensatie gedreven in dit avontuur had gestort. Lakshman keek me gewond aan. 'Wees niet bang,' zei ik, 'ik zal het je moeder niet vertellen.'

Voor we de hangar verlieten nam Le Patron me nog even terzijde: 'U bent familie begrijp ik? Koop een paar behoorlijke sportschoenen voor die jongen.'

*

Twee dagen later belde ik mijn werkster. Ik had een voorgevoel dat hij daar zou zijn – wonden likken bij moesje. Ik wilde Lakshman nog een paar vragen stellen. Eerder durfde ik niet, bang mijn eigen reportage te torpederen. Maar nu ik hem zo vernederd had gezien – als bedrogen winnaar – zocht ik alsnog de weg naar zijn gevoel: 'Tigre, hoe gaat het nu met je?'

Hij gromde. Het hoorde erbij. Was de match allang weer vergeten.

'Wat zoek je tussen dat crapuul? Waarom leer je geen behoorlijk vak?'

'Wat kan ik? Wat mag ik in dit land?'

'Misschien is er een andere weg,' opperde ik. Ik kende een advocaat. Als je al sinds je kleutertijd in Frankrijk had gewoond, bij scholen stond ingeschreven, een ziekteverzekering betaalde... 'Wie weet kan je dan ook officieel nog een Fransman worden.'

'Fransman? *Jamais!*' Het spatte door de telefoon.

'Waarom blijf je dan hier?'

'Voor mijn moeder.'

Dat zijn moeder voor hem naar Frankrijk was gekomen, slikte ik maar in.

Lakshman was niet voor rede vatbaar. 'En wat zal ik dan zijn als ik hier blijf?' sputterde hij tegen. 'Een immigrant die zijn land heeft verloren. Een man zonder aanzien.' Ik hoorde zijn moeder souffleren op de achtergrond. Hij diende zich tegenover mij te gedragen. Was het niet beter elkaar onder vier ogen te spreken? Zonder moeder. Lakshman gromde. We spraken af bij het Gare du Nord.

'Wat bedoelde je met een migrant die zijn land heeft verloren?' vroeg ik Lakshman op het terras voor komende en gaande reizigers. 'Je hebt er juist een nieuw land bij gekregen. Je hebt meer dan mensen met één land.' Zijn gezicht was opgezwollen, er zat een bloedkorst onder zijn neus.

'Ik weet nauwelijks iets van mijn geboorteland en Frankrijk is niet mijn geschiedenis. De Franse Revolutie was niet onze revolutie. De feestdagen zijn niet mijn feestdagen.' Hij gesticuleerde als een Fransman.

'Lees er dan over.'

'Alles wat ik in Frankrijk op school heb geleerd deed me

alleen maar beseffen hoe achterlijk ik ben.'

'Kom nou, Sri Lanka heeft ook een rijke geschiedenis en jullie belijden thuis een oud en vreedzaam geloof.'

Lakshman maakte een vuist van ergernis. 'Wat weet ik? Niets dan sentimentele verhaaltjes over Siddharta, de Boeddha die ons leert wat liefde is. Liefde voor de eigen groep, wat neerkomt op afkeer van anderen. En liefde voor de eenvoud. Armoe was de hoogste vorm van zaligheid. De armoe van mijn vader die nauwelijks kon lezen en schrijven. De armoe van mijn moeder die een slavin is voor Europeanen.' Hij keek boos.

'Je bent intelligent,' zei ik. 'Gebruik dat verstand, laat je hersens niet langer kapotbeuken.'

'Als kind leerde ik mijn hart voor Siddharta open te stellen, soms gaf hij in je slaap een boodschap door, een woord waarmee je wakker werd, of hij schreef het 's nachts in je hand. Op een morgen las ik het woord "vecht" in mijn hand.' Hij sprak een Tamilwoord uit en keek me glimlachend aan, alsof hij me wilde testen. Meende hij wat hij zei?

'Je gelooft in je vuist,' zei ik ernstig.

'Mijn vuist is mijn trots.'

'Ook als je verliest.'

'Ook als ik verlies.'

We keken zwijgend naar een zigeunervrouw die op blote voeten langs de tafels schooierde. Haar hand was een bedelvuist. Ik verkende het eelt op haar vingers en voeten... haar trots. 'Welke schoenmaat heb je?' vroeg ik afwezig.

Lakshman keek naar zijn schoenen – smal, met punten om zijn voeten groter te laten lijken. '39. Kleine voet, kleine vuist. Maar je kan er ver mee komen.'

De eerstvolgende keer dat zijn moeder kwam schoonmaken (de ogen dik van tranen om haar zoon), gaf ik haar een doos met twee gloednieuwe sportschoenen mee. Reebok. Easy-Tone. Had ik nog liggen. Mijn vriendin wilde ze niet.

PS Een jaar later was mijn werkster van de ene op de andere week vertrokken, zonder ook maar een briefje achter te laten. Van een van haar andere klanten hoorde ik dat ze naar Sri Lanka was teruggekeerd, haar zoon achterna. Hij zou er een boksschool zijn begonnen.

EEN MAN STAPT OVER

Een man stapt over in Les Halles, hij drukt een paars-wit geblokte plastic tas tegen zich aan. We lopen naar hetzelfde perron – richting Porte d'Orléans – daar zet hij zijn tas op een bank, haalt een bivakmuts uit zijn jaszak en trekt hem over zijn hoofd. De man kijkt gespannen naar de stationsklok. 16.22. Lijn 4 rijdt binnen. Halfvol. Hij laat hem voorbijgaan. Ik ook. Vraag me niet waarom. Ik denk aan een gedicht van Szymborska. De man zoekt een andere plaats op het perron. Middenin. 16.25. De volgende trein. Bomvol. Onze man stapt in, houdt de tas tegen zijn borst en schuifelt naar het midden. Drukste punt van de coupé. Er loopt een straaltje zweet van onder zijn bivakmuts in zijn kraag. Hij laat de tas zakken. Stoot tegen een jongen en een meisje, puistjes op de kin, ze delen een zitplaats en luisteren hand in hand naar hun iPod, ieder één oortje. Hun hoofden deinen. Wij omstanders horen alleen een dreunende bas. Op de bank tegenover zit een vrouw met gesloten ogen naast een klein meisje in een lichtblauwe jurk. De vrouw oefent alvast voor haar dood. Het meisje kijkt op naar de man met de bivakmuts. Ze trekt een lelijk gezicht. Haar jurk zal een vlag in de schijnwerpers zijn. De volgende halte. Een muzikant stapt in, andere ingang, zelfde coupé. Hij zingt 'Bridge over troubled water' – de melodie komt uit een versterker op wieltjes. Zijn grijze paardenstaart wipt mee. Het meisje in de blauwe jurk kijkt verrukt om. Een oudere vrouw glimlacht weemoedig. Een man die staand *Libération* probeert te lezen, kijkt geërgerd op. De man schuift zijn tas met een voet opzij, straks moet de muzikant erlangs om geld op te halen. Volgende halte. Twee druk pratende tieners stappen in. Ze kijken naar de haltekaart boven de deur en stappen weer uit. Ontsnapt. Het meisje in de lichtblauwe jurk tikt met haar schoen tegen de paars-wit geblokte tas. De man trekt hem naar zich toe. Bovenin zitten sokken en hemden – met de prijskaartjes er nog aan. Hij kijkt boos naar het meisje. De muzikant komt langs met een kartonnen bekertje. De vrouw met de weemoedige glimlach zoekt naar een muntje. Ze diept vijftig cent op. Te veel. Ze stopt het weer terug. Haar *bodybag* heeft straks geen zakken. De muzikant rolt zijn versterker naar buiten. Zal hij een andere metro nemen? Nee, de sukkel loopt naar de volgende wagon, gevolgd door een groep joelende schoolkinderen... Doe het niet. Doe het niet. Hoeveel er in dezelfde klas zaten, zal de volgende dagen in de kranten staan. Een moeder wurmt drie kleine kinderen naar binnen, bepakt en bezakt voor de reis, de deur klapt vlak achter haar dicht. Haar rugzak blijft tussen de deur steken. Een sirene loeit. De man met de tas kijkt geschrokken op. Iemand trekt de rugzak naar binnen, het geloei houdt op. Het wordt stil in de coupé. Merkwaardig stil. Alleen de kinderen praten zachtjes over een oma in Chartres. De logeerbedden zijn al opgemaakt. Voor niets. *Libération* stapt uit. Hij zal over een paar uur voor de camera's vertellen dat hij niks verdachts heeft gezien. Geren, gehijg – twee jongens springen op het laatste moment naar binnen. Een oud dametje glipt net op tijd naar buiten. De gemiddelde leeftijd daalt. Een van de jongens draagt vier ringetjes in zijn oor. Het identificatieteam zal hem aan die ringetjes herkennen. Van zijn vriend blijft minder over. De bas in de iPod dreunt. Onze man loopt naar de uitgang aan de andere kant van de coupé, tas tegen zich aan geklemd. Hij vindt een vrije klapstoel. Gaat zitten. Kromme rug. Volgende halte. Hij zoekt iets in zijn tas. Roert onderin. Met één hand. Twee handen. Kijkt op zijn horloge. Staat op. De volgende halte verlaat hij de metro. Saint-Placide – mijn halte. Ik loop achter hem aan. 16.51. Een zwarte bivakmuts gaat op in de menigte. Een man stapt over.

DEMEN EMENT
SOCIETES PARTICULIERS

THUIS

In Nederland verdien ik wat ik in Frankrijk opmaak. Gek genoeg gaat het tweede sneller dan het eerste, vandaar dat ik steeds vaker heen en weer moet reizen. Een luxe. En dus een reden om te klagen. Neem het nieuws. De eerste jaren liet ik de vaderlandse politiek hooghartig links (en rechts) liggen. Frankrijk zou mijn blik verruimen. Van een afstand meende ik zelfs beter naar Nederland te kunnen kijken. Ik had een land verlaten dat zich steeds meer naar binnen keerde en met een loep naar navel en moslims staarde. Nee, dan Frankrijk. Ook dat kende problemen met gelovigen die woestijntradities in betonsteden probeerden hoog te houden. Maar daar werd het tenminste gezien als een sociaal probleem. Nederland was veel banger. Sarkozy durfde voor hij tot president werd gekozen nog te opperen dat Frankrijk de arme moslimgemeenschap diende te helpen hun geloof een waardige plaats in de samenleving te geven, er moesten erkende opleidingen voor imams komen en subsidies voor de bouw van moskeeën. Een geloof hoorde niet in verlaten bioscopen en fabriekshallen beleden te worden en het importeren van imams uit Saoedi-Arabië was slecht voor de integratie. Een plan dat bij woorden bleef, ook omdat het niet paste in de tot officiële heilsleer verklaarde scheiding tussen Kerk en Staat. Eenmaal president keerde Sarkozy zich tégen de bouw van al te zichtbare minaretten. Een standpunt dat hem in de peilingen deed stijgen. Als het erop aankomt moet de doorsnee Fransman even weinig van moslims hebben als de doorsnee Nederlander.

Hoe langer ik in Parijs bleef, hoe minder de landen leken te verschillen. De angst voor het vreemde verbond. Ook Frankrijk maakte zich zorgen over de Nationale Identiteit. Vaderlandse deugden werden ten voorbeeld gesteld: Frankrijk prees zich als mondiale gids voor cultuur en mensenrechten, Nederland dacht aan de portemonnee en stelde de VOC-mentaliteit ten voorbeeld. Het werd steeds zotter: Sarkozy bood de Franse keuken aan als bedreigd erfgoed bij de Unesco en Nederland vierde de vertaling van de Biebel in de Twentse sproake. Nood leert bidden.

Juist omdat beide landen door dezelfde angst worden gegijzeld, kon ik het me niet langer permitteren het Nederlandse nieuws te negeren. Ik herkende nauwelijks nog Haagse politici op het televisiejournaal – niet dat ik daar veel aan miste, maar het arrogante toontje waarmee ik mijn onwetendheid maskeerde, beviel me niet. Ik mocht me niet van Nederland vervreemden. Moest ik na zeven jaar niet terug? En was ik niet te oud om in mijn eentje een nieuw leven in het buitenland op te bouwen? Mijn beste vrienden woonden in Nederland, mijn grote liefde. Ik was ook niet om negatieve redenen vertrokken – ik ging maar voor drie maanden. Het werd zeven jaar. Mijn avontuur had lang genoeg geduurd. Straks zou ik kwalen krijgen. Ik hoefde er niet op te rekenen dat de Franse staat mijn demente gat kwam afvegen. Ja, ik werd opeens bang om uit mijn zorgzame land te vallen. (Angst is besmettelijk.) Niet voor niets had ik al eerder een betaalbaar landje in de Achterhoek gekocht. Na jaren wandelen in Parijse parken wou ik zo graag een eigen tuin beginnen. Me wortelen. Ik had al wel honderd bomen geplant. Na een Hollandse zomer spitten in een drassige tuin zou ik de huur in Parijs opzeggen.

September leek me de beste maand. In de eerste week van La Rentrée, als de scholen weer waren begonnen en iedereen terug was van vakantie. Kon ik netjes afscheid nemen van werkster, kapper, schoenmaker en krantenman. Het terras van de Bar des Amis zat dan vol buurtbewoners die de laatste nieuwtjes uitwisselden.

Ik nam de late ochtendtrein. Aaide de stoelen van de Thalys alsof ik nooit meer naar Parijs zou reizen. Maakte praatjes met het personeel met wie ik in die jaren vertrouwd was geraakt. Dronk wel drie kleine flesjes wijn bij de lunch. Hoe vaak zou ik dat golvend landschap nog zien? En het Gare du Nord? Weer keek ik bij het uitstappen even op naar de hoge brug over de sporen die de Afrikaanse wijk achter het station ontsluit. Ook die druppel Afrika zou ik straks missen. Ik negeerde de agenten en de honden die aan het eind van het perron de reizigers uit Amsterdam opwachtten. Oog en neus gericht op drugs en donkere huidskleur. Hun achterdocht zou ik *niet* missen. Ik telde de dertien haltes voor ik uit moest stappen... een rijtje dat ik blind kon opdreunen. (Vijf stations vernoemd naar katholieke heiligen – onder de grond kent Frankrijk die scheiding tussen Kerk en Staat niet.)

De zon hing laag in de straat toen ik met mijn koffertje aan kwam rollen. Het meisje van Le Palais des Thés zwaaide. En de kapper en de fietsenmaker. Ik liep nog even snel naar de bakker en de verkoopster legde na mijn groet meteen een doorbakken tradition op de toonbank. Ze kende mijn smaak. Ik kocht een fles koele Brouilly bij Ali – zichtbaar vermagerd van een strenge ramadan – en hoorde in de gauwigheid dat het antiquariaat twee deuren verderop was gesloten. Weer een lingeriewinkel erbij. We zuchtten, om verschillende redenen. Daarna snel naar de overbuurvrouw die een zomer lang mijn brievenbus had geleegd. In de bovenste envelop zat een nieuwe code voor de gemeenschappelijke voordeur. Met volle handen rolde ik de cour binnen. De duiven vlogen op. Mijn fiets zat onder de stront. Ik was weer thuis.

Thuis? Ik schrok van dat besef. Moest ik bij het afscheid ontdekken dat ik ergens hoorde? In Amsterdam, waar mijn logeerbed stond, en waar ik het langst op één adres woonde, groette men elkaar nauwelijks, maar bij mijn straatje in het zesde hoorde ik.

Misschien kwam het door Arlette, een *pied-noir* die in Parijs vaste voet aan de grond kreeg en die na het vertrek van kruidenierster Annie de rol van onbezoldigd burgemeester had overgenomen. Ze stuurt me wekelijks mails en betrekt me bij het wel en wee van de Cherche-Midi. De ene keer moet ik een petitie ondertekenen voor het behoud van een schimmelig museum, dan weer geld storten voor het behoud van een binnentuin. En een jaar of wat geleden joeg ze ons hele trappenhuis naar buiten om te protesteren tegen de dreigende sluiting van het postkantoor om de hoek. (Eén van de vier in een straal van een kilometer.) Ook mij wist ze zo gek te krijgen met een bord om mijn nek voor de deur te paraderen. De sluiting is uitgesteld.

Of zou het Naima zijn, die in haar eentje de Pressing beheert? Al zeven jaar wast ze mijn overhemden en zet ongevraagd knopen aan. Laatst keerde ze een kraag. Ik wist niet eens dat het kon. Naima is de moeder van alle vrijgezelle mannen in de buurt en heeft een begrijpend oor. Er zit altijd wel iemand zijn hart bij haar uit te storten. Ik hou me in, maar droom er wel eens van mijn hoofd in haar schoot te werpen. Voorlopig houden we het op een kuise kus bij het brengen en halen. En als ik *housse* en *nappe* door elkaar haal verbetert ze mijn Frans. In ruil leer ik haar de naam Geert goed uitspreken. Ze vindt mijn G zo Arabisch klinken.

Mijn jeugd komt in deze buurt ook zo wonderlijk dichtbij. Ik zie niet alleen de zee in de grijze zinken daken (en hoor de meeuwen krijsen in de nacht), maar ik heb hier ook heel wat mensen leren kennen die in Indonesië geboren zijn. Geen oudkolonialen, zwijmelend van een verloren Indië, zoals mijn ouders en halfzusjes of medebewoners uit het repatriantenhuis in Bergen aan Zee, maar mannen en vrouwen die met Fransen zijn getrouwd of die zich voor werk en andere redenen in Parijs vestigden. Ze hebben zich verenigd in de Association Pasar Malam, een Frans-Indonesische vriendenclub waar ik tot mijn verbazing lid van ben geworden. Niet uit nostalgie, daar heb ik geen last van. Indië is het land waar ik het meest nooit geweest ben. De woorden tempo doeloe vallen daar niet. Pasar Malam organiseert lezingen over het moderne Indonesië, geeft een voortreffelijk tijdschrift uit en het belangrijkste: de jaarlijkse rijsttafel. In restaurant Indonesia op de rue de Vaugirard. Ik zoek daar vaak het gezelschap van politieke vluchtelingen die in de jaren zestig in Parijs onderdak vonden. Uit de tropen verjaagd, net als de rijsttafeleters tussen wie ik opgroeide. Maar anders, al verlangden ook deze mensen naar de geuren en lauwe regens van hun geboorteland. Een enkele bejaarde had nog tegen de Nederlanders gevochten. Voor een onafhankelijk Indonesië. (En daar wordt graag over opgeschept, als ik ze vertel dat ik de zoon ben van een koloniaal soldaat.)

Later vochten ze tegen de dictatuur van hun eigen leiders. Ik ken hun wereld nauwelijks, maar ik deel een taal met hen – de Maleise woorden uit mijn jeugd. En dan hoor ik er toch een beetje bij.

Of zou het zijn omdat ik hier nooit haast heb, ook al zitten er negen versnellingen op mijn fiets. Stoplichten zijn er om dromerig naar de gevels te staren. De telefoon gaat zelden. En mijn agenda is sinds ik in Parijs woon twee keer zo dun. Ik hoef hier niets. De taal maakt ook een ander van me, misschien omdat mijn tong te zoekend is, maar ik maak me wijs dat ik in Parijs verlegener ben, een verlegenheid die me bevalt. Het is bovendien goed om ergens te gast te zijn, je moet extra je best doen, je kunt nergens aanspraak op maken. En ik kleed me ook beter in Parijs, omdat de stad zich goed kleedt. Het straatbeeld is theatraler. Terras en trottoir zijn het toneel en de bewoners doffen zich er speciaal voor op. Het liefst draag ik mijn two-tones, of zit ik in seersuckerstreep op het terras. Figurant, maar wel met de dubbelrol van luistervink en voyeur. En ik word er nooit moe van, want ik speel in het mooiste decor.

Er is nog een toneel dat me hier houdt. Shakespeare. Als iets mijn leven in Parijs heeft verrijkt zijn het de bijeenkomsten waarop we zijn stukken lezen. Al zeven jaar lang, elke eerste maandag van de maand, met een groepje Britten en Amerikanen. We lezen niet suffig of ingetogen, maar met stemverheffing en panache. Als niet-native speaker ben ik vaak dagen bezig om mijn rol onder de knie te krijgen. In het begin had ik geen flauw idee hoe ik al die oude elizabethaanse woorden moest uitspreken, maar sinds kenners mij op een website wezen waar ik een woord kan intikken en het dan gesproken terugkrijg, speel ik mij naar boven. *Fie thou bawd*. Foei jij slet. Ja, als er na zeven jaar Parijs iets vooruit is gegaan, is het wel mijn Engels.

Ik wist trouwens niet dat Shakespeare zo'n groot psycholoog was en zo modern. Jaloezie, achterdocht, ambitie, haat en verraad – al wat te menselijk is heeft hij doorzien en stem gegeven. Maandelijks streep ik wel een paar regels aan die ik naar deze of gene zou willen sturen. Naar Willem-Alexander bijvoorbeeld, als de familie weer eens diep afdaalt *to cheap and vulgar company*: Een koning moet zijn als een komeet, zelden te zien, maar met bewondering waargenomen (*Henry* IV-1). Of Geert: *Violent fires soon burn out themselves* (*Richard* II).

Behalve Shakespeare kan ik ook mijn medespelers niet missen: een advocate, een operazangeres, een kunsthandelaar, een schilder, journalisten, schrijvers – rijk, arm en allemaal ontworteld, gestrand in Parijs. Zij openden voor mij hun deuren, dekten hun tafels. Met de Franse Parijzenaars deel ik slechts straat en terras. Aan thuis ontvangen doen ze niet echt, tenzij ze getrouwd zijn met een buitenlander. Voor hen blijf ik ook na zeven jaar een vreemdeling. Maar ik verhuisde niet naar Parijs om door de Fransen te worden opgenomen, maar om door de stad te worden opgenomen. Ik ben hier vreemdeling tussen vreemdelingen. Aangenaam verloren en dus thuis.

Ik heb weer een nieuw huurcontract getekend.

Leo & Pipo

VERANTWOORDING

Parijs dwingt mij dagelijks op te schrijven wat ik daar zie en meemaak. Het merendeel van de verhalen en schetsen in *Stadsliefde* is niet eerder gepubliceerd en gebaseerd op die aantekeningen. Ook bracht ik hier enkele verhalen bijeen die ik schreef voor *En France*, *Ons Erfdeel* en *Leeftocht*. Om herhalingen te voorkomen heb ik ze flink herschreven. Een jaar na mijn aankomst in Parijs kreeg ik de uitnodiging het Boekenweekessay te schrijven. Frankrijk was het thema en ik koos toen voor de vorm van een *Abécédaire de Paris: Onder het zink* (2004). Herschreven en aangepaste delen daarvan staan door *Stadsliefde* verspreid. En zo is een geheel nieuw boek ontstaan: een persoonlijk portret van Parijs in scènes.
Om de stad goed in mij op te nemen heb ik tientallen gidsen en literaire bronnen geraadpleegd. Ik deel ze graag met lezers die verhalen willen nawandelen: *Guides du promeneur* – voor elk arrondissement een – (Parigramme), *Vie et histoire*-gidsen (Hervas), Thirza Vallois: *Around and About Paris* (Iliad Books, drie delen), Eric Hazan: *L'Invention de Paris* (Seuil), Alfred Fierro: *Histoire et dictionnaire de Paris* (Laffont), alle *Guides Bleus* over literatuur, musea en historische feiten betreffende Parijs.
De schets 'Een man stapt over' schreef ik met een knipoog naar het gedicht 'De terrorist – kijkt' van Wisława Szymborska, in de vertaling van Gerard Rasch. Tot slot dank ik Anneke van Huisseling voor haar correcties.

REGISTER om na te wandelen of te fietsen

N

O

P

BOEKEN VAN ADRIAAN VAN DIS

Nathan Sid Novelle, 1983
Casablanca Schetsen en verhalen, 1986
Een barbaar in China Een reis door Centraal-Azië, 1987
Zilver of Het verlies van de onschuld Roman, 1988
Het beloofde land Reisroman, 1990
In Afrika Reisroman, 1991
Indische duinen Roman, 1994
Palmwijn Novelle, 1996. Boekenweekgeschenk 1996
Dubbelliefde Roman, 1999
Op oorlogspad in Japan Reisverhaal, 2000
Familieziek Roman in taferelen, 2002
De wandelaar Roman, 2007
Leeftocht. Veertig jaar onderweg Verhalen en essays, 2007
Tikkop Roman, 2010
Stadsliefde. Scènes in Parijs 2011